Kathryn Cline

Second Sight
Gefährliche Stille

D1873540

Kathryn Cline

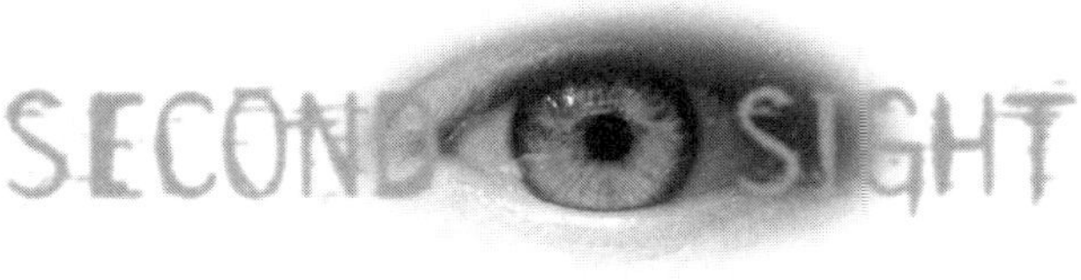

Gefährliche Stille

Aus dem Amerikanischen
von Sabine Rahn

Klopp · Hamburg

Für Laura

Mix
Produktgruppe aus vorbildlich bewirtschafteten Wäldern und anderen kontrollierten Herkünften
www.fsc.org Zert.-Nr. GFA-COC-1223
© 1996 Forest Stewardship Council
FSC

© Erika Klopp Verlag GmbH, Hamburg 2008
Alle Rechte vorbehalten
Aus dem Amerikanischen von Sabine Rahn
Einband von Kerstin Schürmann, formlabor
Satz: UMP GmbH, Hamburg
Druck und Bindung: CPI – Clausen & Bosse, Leck
Printed in Germany 2008
ISBN 978-3-7817-0185-4

www.erika-klopp.de

Prolog

An diesem Tag war alles anders als sonst. Es gefiel Sam nicht, wenn sein Tagesablauf durcheinandergeriet. Hilflos stand er mitten im Labor, während ein halbes Dutzend weiße Mäuse um seine Füße herumlief und über seine Turnschuhe kroch. Auf dem Boden lag der Baseballschläger, der normalerweise immer an der Wand im Flur lehnte – ein Andenken an die *New York Yankees*, die er bewunderte. Doch jetzt klebte Blut an dem Schläger, und Sam konnte sich nicht erinnern, wie es dorthin gekommen war. Das Blut war eine Spur dunkler als das Rot seiner Turnschuhe. Sam bückte sich, um den Schläger aufzuheben. Eine Maus quiekte, als er auf ihren Schwanz trat. Sam ließ den Schläger wieder fallen und hielt sich die Ohren zu, um das Geräusch auszuschließen. Am liebsten hätte er die ganze Außenwelt ausgeschlossen. Sie war ihm zu laut. Zu durcheinander. Und sein Vater sollte endlich vom Fußboden aufstehen. Sam verstand nicht, warum er sich so benahm. Natürlich – sie hatten beim Abendessen wieder gestritten, denn Sam hatte sich aufgeregt, weil der Salzstreuer nicht an seinem Platz stand. Sein Vater hatte ihn angebrüllt, Sam solle doch – Herrgott noch mal! – nicht so pingelig sein. Sam war ausgerastet und hatte auf den Tisch geschlagen. Er hasste es, angebrüllt zu werden. Das ließ er sich nicht gefallen, auch nicht von seinem Vater.

Aber jetzt könnte er endlich aufstehen. Was fiel ihm ein, auf dem Boden liegen zu bleiben? Die Lache unter seinem

Kopf wurde immer größer. Merkte er nicht, dass seine Haare ganz schmutzig wurden?

Sam ging um seinen Vater herum. Er sah das Loch im Kopf, den eingedrückten Schädelknochen. War das Blut aus seinem Kopf gekommen? So viel Blut? Sam beugte sich herunter und tauchte seine Fingerspitzen in die Lache. Sie wurden rot. Er wischte sie an seinem T-Shirt ab. Die Finger hinterließen rote Streifen. Sam geriet in Panik. Er mochte kein Durcheinander und keinen Schmutz. Er wollte Ordnung, Klarheit. Er packte seinen Vater, um ihn hochzuziehen. Aber er war zu schwer. Sam ließ ihn wieder fallen. Es gab ein dumpfes Geräusch, als der Kopf auf dem Boden aufschlug.

Sam ertrug es nicht mehr. Er packte seinen Baseballschläger und stolperte nach draußen, in die kalte, sternenklare Nacht.

Erster Teil
Dezember

1

»Ich glaube, sie hat sich bewegt!«, rief Laura begeistert.

Jeff hielt seinen Blick weiter konzentriert auf die gelbe Billardkugel gerichtet. Tatsächlich, sie rollte einige Millimeter nach vorne. Er versuchte, all seine Kräfte zu sammeln und die Kugel anzutreiben.

Und jetzt die rote treffen. Wieder bewegte sich die gelbe Kugel. Allerdings gerieten gleichzeitig auch alle anderen ins Rollen.

»Hoppla, ich bin gegen den Tisch gestoßen.« Andy hob entschuldigend die Hände. »Tut mir leid.«

Andy und Rebecca versuchten gerade, eine Lichterkette anzubringen. Leider stellten sie sich beide nicht gerade geschickt dabei an.

»Ach, Mensch, Andy!«, sagte Laura vorwurfsvoll. »Jeff macht gerade ein Experiment! Er konzentriert sich, und er hat es tatsächlich geschafft, eine Billardkugel nur durch Telekinese zu bewegen.«

Rebecca sah skeptisch von Laura zu Jeff.

»Kann auch Zufall gewesen sein«, murmelte Jeff. »Wahrscheinlich ist es passiert, weil ihr hier herumlauft und dadurch Vibrationen im Raum erzeugt habt.«

»Na ja, dieser Raum ist vielleicht nicht gerade ideal zum Experimentieren«, sagte Rebecca.

Der Aufenthaltsraum war momentan vollgestopft mit den Weihnachtsdekorationen, die die Schüler gebastelt hatten. Professor Rutherford, der Leiter des *Instituts zur Erforschung parapsychologischer Phänomene*, hatte für die kommende Woche eine Weihnachtsfeier angekündigt. Alle freuten sich darauf, denn danach würden die Ferien beginnen …

»Verdammt, ich geb's auf!« Jeff ließ sich auf das Sofa fallen und schnappte sich die Fernbedienung. Es lief gerade ein Baseballspiel, aber er konnte sich nicht darauf konzentrieren. Er hatte Kopfweh nach der Anspannung. Es ärgerte ihn, dass er nicht genau wusste, ob es ihm wirklich gelungen war, die gelbe Kugel zu bewegen.

Gedankenverloren sah er aus dem großen Fenster. Draußen suchte ein Eichhörnchen emsig nach versteckten Nüssen. Es war sehr kalt, und für morgen hatte der Wetterbericht Schneefälle gemeldet.

Das erste Vierteljahr am IPP war so rasend schnell vergangen … Jeff konnte kaum fassen, dass in zwei Wochen bereits Weihnachten war.

Sicher würden seine Mutter und die übrigen Verwandten alles Mögliche über die Schule wissen wollen. Der Gedanke, sie anlügen zu müssen, verdross ihn. Er war kein besonders guter Schauspieler.

Wie alle Eltern glaubte Mrs Davis, dass ihr Sohn wegen einer besonderen Begabung – in Jeffs Fall wegen seiner hervorragenden sportlichen Leistungen – das Stipendium bekommen hatte. Davon, dass die *Oakwood-Schule*, wie sich das IPP offiziell nannte, in Wahrheit paranormale Talente förderte, hatte sie keine Ahnung.

Alle würden uns für einen Haufen kranker Psychos halten, schoss es Jeff durch den Kopf. Aber Telekinese, Hellsichtigkeit, mit Toten zu sprechen oder die Fähigkeit, seinen Körper zu verlassen, gehörten nun mal nicht zu den Dingen, mit denen sich »normale« Menschen beschäftigten.

Rebecca und Andy schienen sich gerade über das gleiche Thema zu unterhalten.

»Ich werde mich echt zusammenreißen müssen, damit mir zu Hause nichts rausrutscht«, meinte Andy. »Sie haben schon nach der Sache mit Linda lauter Fragen gestellt, und ich musste sehr aufpassen, was ich sage.«

In Andys Heimatort waren im Frühjahr mehrere Mädchen umgebracht worden. Durch seine Gabe, Dinge zu sehen, war er zunächst selbst in Verdacht geraten. Doch Andys Visionen waren es auch gewesen, die seine zehnjährige Schwester Linda davor bewahrt hatten, das nächste Opfer des Killers zu werden. Er, Rebecca, Jeff und Laura hatten Linda schließlich unter Einsatz ihrer besonderen Kräfte gerettet. Sie hatten zwar für ihr eigenmächtiges Handeln eine Strafe von Rutherford kassiert, aber der Professor hatte seinen Stolz auf die vier kaum verbergen können. Er hatte sogar einmal gesagt, dass er sich gut vorstellen könne, sie auch in Zukunft als Team einzusetzen …

Vielleicht verbrachten sie deshalb die meiste Zeit zusammen. Einige der anderen Schüler schienen manchmal über sie zu tuscheln, aber Grüppchenbildung gab es an jeder Highschool.

Laura hatte sich ihre Gitarre geholt und spielte ein paar Akkorde.

»Leute, ich muss üben! Sonst glauben meine Eltern noch, dass ich hier gar nichts dazulerne. Ich glaube, ich bin schlechter als vorher.« Ihre langen roten Haare fielen ihr über die Schulter, während sie spielte.

»Du bist doch fantastisch«, sagte Rebecca bewundernd. »Ich wünschte, ich könnte so spielen wie du.«

Rebecca war ein mathematisches Genie, aber im Institut

war sie aufgenommen worden, weil sie mit Toten sprechen konnte. Ihre beste Freundin war vor einigen Jahren bei einem Reitunfall umgekommen, aber Rebecca hatte noch immer Kontakt zu ihr.

Lauras besondere Begabung war, dass sie ihren Körper verlassen konnte. Sie beherrschte die Technik inzwischen perfekt, und es war manchmal unglaublich, was sie von ihren Reisen erzählte.

Jeff starrte Laura an. Manchmal konnte er gar nicht fassen, dass Laura seine Freundin war.

Als Laura Jeffs Blick bemerkte, lächelte sie ihn an.

Sie freute sich schon darauf, ihn in den Weihnachtsferien ihren Eltern vorzustellen. Heute in der Mittagspause hatte sie ihm unvermittelt ihr Handy gereicht mit den Worten: »Meine Mutter möchte mit dir sprechen!«

Gabriella Matthews hatte ihn offiziell zum Familienessen an Heiligabend eingeladen. Als Jeff Lauras strahlendes Gesicht gesehen hatte, war ihm sofort klar gewesen, dass er aus dieser Nummer nicht herauskommen würde. Sie hatten sich schließlich darauf geeinigt, dass er gleich am ersten Weihnachtsfeiertag zu seiner Mutter nach Boston fliegen würde, aber Jeff fragte sich, wie er die beiden Tage davor überstehen sollte.

Lauras Eltern waren reich, und besonders ihre Mutter legte sehr viel Wert auf Prestige und Ansehen.

Die Tür zum Aufenthaltsraum ging auf, und Carl und Philip spazierten herein. Carl hatte sich seine Spielkonsole unter den Arm geklemmt.

»Ganz schön voll hier«, sagte er, während er Kaugummi kaute, »macht mal Platz für den Zockerkönig!«

Er ließ sich neben Jeff auf das Sofa plumpsen.

»Los, Jeff, wir fahren zusammen ein Rennen!«

Mit gespieltem Desinteresse griff Jeff zu einem der Controller, während Carl die Konsole anschloss. In Wirklichkeit kam ihm die Ablenkung ganz gelegen, so musste er nicht ständig an Weihnachten und an sein uneindeutiges Telekinese-Experiment denken.

Andy und Rebecca hatten es inzwischen geschafft, die Lichterkette aufzuhängen. Sie wirkte allerdings so, als würde sie beim nächsten Lufthauch wieder herunterfallen. Jeff sah, wie sich die beiden mit Phil unterhielten und kurz darauf zu den Billardqueues griffen.

Laura summte leise, während sie Gitarre spielte.

Eigentlich sind wir ja doch ziemlich normal, dachte Jeff und musste grinsen.

2

DAILY REPORT

11. Dezember

Wissenschaftler getötet

Autistischer Sohn spurlos verschwunden –
Polizei steht vor einem Rätsel

von Helen Rutherford

Riverside, New York. Eine grausige Entdeckung machte die Polizei gestern in einer Villa am Waldrand von Riverside. Prof. Dr. Henry Fletcher (71), pensionierter Forscher mit sozialem Engagement, wurde tot in seinem Labor aufgefunden.

Henry Fletcher wurde in der Nacht vom 9. auf den 10. Dezember in seiner Villa durch einen Schlag auf den Kopf getötet. Ein Raub-überfall kann zum gegenwärtigen Zeitpunkt ausgeschlossen werden, da weder Geld noch Wertgegenstände entwendet worden sind. Die Polizei geht von Totschlag oder Mord aus. Einen Hinweis auf den Täter und sein Motiv gibt es bisher noch nicht.

Ein weiteres Rätsel ist das Verschwinden von Fletchers Sohn Samuel, der unter dem Asperger Syndrom (einer Form von Autismus) leidet. Samuel Fletcher wurde zuletzt am Abend vor der Tat im Garten seines Elternhauses gesehen. Ob ein Zusammenhang zwischen seinem Verschwinden und dem Tod seines Vaters besteht, ist unklar.

Eine besorgte Nachbarin hatte die Polizei verständigt, weil Fletchers Haustür mehrere Stunden offen stand und der Hund nicht aufhörte zu bellen. Die Beamten trafen um die Mittagszeit ein und fanden das verstörte Tier neben dem leblosen Körper Fletchers. Man konnte nur noch den Tod des Forschers feststellen. Fletcher wurde durch einen Schlag mit einem stumpfen Gegenstand getötet. Die Tatwaffe wurde nicht gefunden, der Täter hat sie vermutlich mitgenommen.

Fletcher war Schirmherr einer Stiftung für Autisten und bei seinen Nachbarn und ehemaligen Kollegen sehr beliebt. Seit dem Selbstmord seiner Frau vor fünf Jahren hatte er sich jedoch mehr und mehr aus dem gesellschaftlichen Leben zurückgezogen.

Von seinem Sohn fehlt seit gestern jede Spur. Samuel Fletcher ist 28 Jahre alt, 1,70 m groß und schlank. Er hat braunes, lockiges Haar und trägt eine Brille. Als er das letzte Mal gesehen wurde, trug er eine dunkelblaue Jeans, ein Sweatshirt mit der Aufschrift »New York Yankees« und auffällige rote Turnschuhe. Hinweise bitte an die Polizeidienststelle in Riverside.

3

»Liebe Kolleginnen und Kollegen, ich freue mich, dass Sie alle hier sind«, sagte Professor Rutherford und blickte in die Runde, zu der die Lehrkräfte und die wichtigsten Mitarbeiter des Instituts gehörten. »Zunächst möchte ich mich für Ihren großartigen Einsatz in den letzten Monaten bedanken. Unser Projekt ist bislang überaus erfolgreich verlaufen. Viele Schüler am Institut haben erstaunliche Fortschritte gemacht.«

»Abgesehen von ein paar Ausnahmen«, murmelte Dr. Crane neben ihm.

Rutherford räusperte sich und fuhr fort: »Jasper hat eine kleine Präsentation vorbereitet. Er wird die bisherigen Ergebnisse kurz zusammenfassen.« Er nickte seinem Assistenten zu.

Jasper van Baarle erhob sich und schaltete den Beamer ein. Auf der Wand erschienen einige bunte Schaubilder. Während Jasper erklärte, lehnte sich Rutherford in seinem Sessel zurück und musterte ihn anerkennend. Van Baarle war engagiert und sehr zielstrebig. Rutherford konnte sich keinen besseren Assistenten vorstellen.

Nach zehn Minuten zeigte Jasper mit dem Laserpointer auf ein Diagramm. »Insgesamt ist die Entwicklung der PSI-Fähigkeiten also äußerst positiv. Wobei man leider auch sagen muss, dass es bei den Telekineten die wenigsten Fortschritte gibt. Daran müssen wir unbedingt arbeiten, denn ihr Potenzial ist ungeheuer, wenn ihre Fähigkeiten erst einmal ausgebildet sind.« Er klappte seinen Laptop zu.

»Vielen Dank, Jasper.« Rutherford blätterte in seinen Unterlagen, während sein Assistent sich wieder setzte. »Ich hätte noch eine kleine Ergänzung. Besonders hervorzuheben sind die Schüler Andrew Gibson, Rebecca Hamilton, Laura Matthews und Jeffrey Davis. Ich erinnere an den Patterson-Fall im Oktober, den sie gemeinsam erfolgreich gelöst haben. Wir sollten sie im Auge behalten und über weitere Einsatzmöglichkeiten nachdenken.«

»Vor zwei Monaten haben Sie noch gesagt, dass es dafür viel zu früh ist, Kenneth«, warf Jasper ein.

»Ich meine ja nicht sofort«, sagte Rutherford. »Aber es ist sicher nicht verkehrt, wenn wir bereits während des Trainings ihre Teamfähigkeit fördern. Mich interessiert speziell das Zusammenspiel ihrer Begabungen. Mr Li, am besten vermerken Sie das in den Akten.«

Der junge Asiat mit der runden Brille nickte und tippte gewissenhaft etwas in seinen Laptop.

Dr. Cranes Gesichtsausdruck war skeptisch. »Bei Jeffrey Davis wäre ich mir da nicht so sicher. Seine Ergebnisse bei den Tests sind nicht wirklich überzeugend.«

»Als Therapeutin möchte ich anmerken«, schaltete sich Rachel Morgenstern ein, »dass wir seinen familiären Hintergrund nicht vergessen dürfen, der … nun, sagen wir, *problematisch* ist. Jeffrey ist ohne Vater aufgewachsen und hat jahrelang unter seiner Gabe gelitten. Er hat ständig das Bedürfnis, sich und anderen etwas beweisen zu müssen, und wenn er sich unter Druck gesetzt fühlt, führt das meist zu Misserfolgen.«

Sie strich sich eine Haarsträhne hinters Ohr. »Ich denke aber, dass sich das bessern wird. Jeff ist jetzt mit Laura zusammen, sie scheint ihm Halt zu geben.«

Jasper zog eine Augenbraue hoch. »Ich hoffe, dass solche Beziehungskisten nicht den Forschungsablauf stören.«

»Im Gegenteil«, widersprach Rutherford. »Auf jeden Fall ist es im Rahmen unserer Untersuchungen wichtig, dass wir die sozialen Beziehungen der Jugendlichen kennen und berücksichtigen.«

Rutherford beendete die Konferenz mit der Anweisung, dass die absolute Geheimhaltung des *Instituts zur Erforschung parapsychologischer Phänomene* weiterhin größte Priorität habe. Unter keinen Umständen dürften Dritte etwas über die tatsächlichen Aufgaben der Mitarbeiter erfahren, die offiziell Angestellte der *Oakwood-Schule* für Hochbegabte waren.

»Nun, das war unsere letzte Sitzung in diesem Jahr.« Rutherford lächelte. »Sie dürfen gehen.«

Während die Mitarbeiter das Büro verließen, fing er an, die Post durchzusehen, die seine Sekretärin säuberlich auf seinem Schreibtisch gestapelt hatte. Als er aufsah, bemerkte er, dass Dr. Crane sitzen geblieben war. Der Arzt blickte auf die Zeitung, die aufgeschlagen auf Rutherfords Schreibtisch lag. Auf der ersten Seite des Regionalteils stand in großen Lettern »Wissenschaftler ermordet«. Crane wirkte blass.

»Christopher, ist alles in Ordnung?«

Crane sah erschrocken hoch. »Ja … äh … natürlich. Ich habe nur gerade diesen Artikel überflogen.« Er tippte auf das Papier. »Die Verfasserin – ist das nicht Ihre Frau?«

»Ja, richtig. Eine schreckliche Geschichte, nicht wahr? Und das so kurz vor Weihnachten. Fletcher wurde in seinem eigenen Haus getötet, nur wenige Kilometer von hier entfernt …« Rutherford sah Crane in die Augen. Dieser blinzelte und richtete den Blick schließlich wieder auf die

Zeitung. Nach einer längeren Pause sagte er: »Ich wusste gar nicht, dass Helen für den *Daily Report* schreibt.«

»Habe ich das nicht erwähnt? Sie hat gerade die Leitung des Regionalressorts übernommen.«

»Ach ja, richtig … das hatte ich ganz vergessen.« Crane blickte kurz auf seine Armbanduhr und stand auf. »Ich denke, ich sollte jetzt zurück ins Labor gehen, ich muss noch den Bericht fertigstellen.«

Er war schon auf dem Weg zur Tür, als Rutherford ihm hinterherrief: »Christopher, haben Sie nicht etwas vergessen?«

Crane fuhr herum.

»Ich denke, das hier werden Sie brauchen.« Rutherford stand auf und hielt Cranes Aktenmappe hoch, die auf dem Tisch gelegen hatte.

»Ach ja …« Crane strich sich durch sein graues Haar und lächelte. »Wo hab ich nur meinen Kopf? Danke.«

Er riss Rutherford die Mappe beinahe aus der Hand und zog die Tür mit Schwung hinter sich zu.

Durch den Luftzug fielen ein paar Briefe von Rutherfords Poststapel. Eine Weihnachtskarte klappte auf und fing an, »Jingle Bells« zu dudeln. Rutherford starrte zuerst die Karte und dann die Tür an. Er schüttelte den Kopf und seufzte.

4

Rebecca wickelte gedankenverloren das Kochbuch für ihre Großmutter in blaues Geschenkpapier ein und band eine rote Schleife darum. Im Radio lief »Last Christmas«, und sie summte mit. In ein paar Tagen würde sie endlich ihre Familie wiedersehen. Obwohl sie sich mittlerweile gut am Institut eingelebt und auch Freunde gefunden hatte, hatte sie trotzdem Heimweh. Sie freute sich riesig, Weihnachten gemeinsam mit ihren Großeltern, ihrer Schwester Mary und deren Familie zu feiern.

Es war zwar lästig, dass sie heute Nachmittag zu Dr. Crane musste, während alle anderen frei hatten, aber nicht einmal das konnte ihr die gute Laune verderben.

In diesem Moment riss Laura die Tür auf.

»Becky, du wirst es nicht glauben! Rutherford lässt übermorgen die letzten beiden Schulstunden ausfallen, damit die Weihnachtsfeier früher anfangen kann!«

»Ist ja toll.«

Rebecca band dem Plüsch-Krümelmonster, das sie für ihren kleinen Neffen Lucas gekauft hatte, eine Schleife um den Hals und setzte es auf den Stapel mit den Geschenken.

»Du wirst mich nicht wiedererkennen«, hatte Mary gestern am Telefon lachend verkündet, »mein Bauch ist mittlerweile riesig. Kaum zu glauben, dass es noch über zwei Monate sind.«

Marys zweites Kind sollte Mitte Februar auf die Welt kommen. Eine kleine Schwester für Lucas. Rebecca lächelte.

»Hörst du mir überhaupt zu?« Laura ließ sich auf ihr Bett fallen.

»Doch, doch. Find ich toll, dass Rutherford nicht darauf besteht, den Unterricht bis zum Schluss durchzuziehen.«

»Ich glaube, das haben wir auch Jasper zu verdanken«, sagte Laura. »Er bemüht sich immer, die Stimmung hier am Institut aufzulockern. Er hat mich sogar gefragt, ob ich ein paar Songs vorspielen könnte.«

»Hast du nicht mal gesagt, dass Jasper dir unsympathisch ist?«

»Ach, Quatsch, das war bloß ganz am Anfang. Ich dachte, er sei ein Spießer, aber eigentlich ist er echt cool.«

Rebecca grinste. »Lass das bloß nicht Jeff hören.«

Laura verdrehte die Augen. »Manchmal ist seine Eifersucht schon ein bisschen übertrieben. Zumal sie völlig unbegründet ist.«

»Er ist also dein absoluter Traumtyp?«, hakte Rebecca nach.

»Oh ja …« Laura spielte mit einer roten Haarsträhne. »Und das, obwohl ich es nie für möglich gehalten hätte, mich so schnell wieder zu verlieben.«

Rebecca erinnerte sich. Laura hatte ihr von ihrer Beziehung mit Mark erzählt, ihrer ersten großen Liebe. Mark war Musiker und fünf Jahre älter als Laura. Die Sache hatte sehr unschön geendet, als er Laura betrogen hatte, und sie war froh gewesen, durch den Ortswechsel im September Abstand zu gewinnen.

»Wo wir gerade bei diesem Thema sind – wie sieht es denn bei dir aus?«, fragte Laura, während sie etwas in ihrem Schrank suchte. Rebecca sah sie überrascht an. »Was meinst du?«

»Na ja, zwischen dir und Andy. Meinst du, aus euch könnte was werden?«

Rebecca schüttelte den Kopf. »Wir verstehen uns zwar gut, aber ich glaube nicht, dass Andy in mir mehr als eine gute Freundin sieht.«

Laura zog eine Augenbraue hoch. »Und du?«

Rebecca seufzte. »Ich weiß nicht ... Jedenfalls habe ich kein Herzklopfen, wenn ich ihn sehe. Andy ist so ... verschlossen. Er redet zwar über vieles mit mir, aber ich habe trotzdem oft das Gefühl, nicht richtig an ihn ranzukommen. Außerdem gibt es ja auch noch andere Jungs ...« Sie brach ab, weil ihr Lauras Blick nicht entgangen war.

»Phil, zum Beispiel.« Laura grinste.

Rebecca merkte, wie sie rot wurde. »Wie kommst du denn auf ihn?« Sie bemühte sich, es beiläufig klingen zu lassen.

»Er hat mich heute nach dem Musikunterricht über dich ausgefragt«, antwortete Laura.

»Echt?«

»Ja, er wollte wissen, welche Filme du magst. Er würde dich gerne ins Kino einladen, und ab morgen läuft doch diese neue Komödie.«

Rebecca musste grinsen. Phil und sie unterhielten sich zwar ab und zu, aber sie hätte nie gedacht, dass er Interesse an ihr haben könnte.

»Was hast du ihm gesagt?«

»Dass er lieber einen Horrorfilm aussuchen soll, weil du sonst die ganze Zeit Orlando Bloom anschmachten würdest.«

»Das hast du nicht!«, rief Rebecca empört.

Laura kicherte. »Natürlich nicht.«

Rebecca streckte ihr die Zunge heraus.

»Ich hab gesagt, dass du dich bestimmt freuen würdest und dass er dich ja nachher selbst fragen kann.«

»Nachher?«

»Schon vergessen? Wir hatten uns doch alle zum Eislaufen verabredet.«

Rebecca stöhnte. »Oh nein! Ich kann nicht. Dr. Crane hat mich heute Morgen gebeten, um drei zu ihm ins Labor zu kommen.«

»Wieso das denn?« Laura wirkte enttäuscht.

»Hat er nicht gesagt. Ich habe mich selbst gewundert. Die letzten Tests hat er doch schon gemacht, und unsere Bewertungen sind sicher auch längst geschrieben.«

»Seltsam. Und schade, dass du nicht mitkommen kannst. Aber ich werde Phil sagen, dass er im Kino einen Platz aussuchen soll, wo ihr ungestört knutschen könnt.«

»Du bist echt doof.« Rebecca lachte. Inzwischen hatte sie sich an Lauras offene und direkte Art gewöhnt. Sie konnte gar nicht mehr verstehen, dass sie ihr anfangs ziemlich auf die Nerven gegangen war. Laura war mittlerweile eine gute Freundin geworden, mit der sie über alles reden konnte – obwohl sie beide so unterschiedlich waren. Rebecca hatte immer geglaubt, dass kein Junge es für nötig hielt, sich nach ihr umzudrehen. Seit Rebecca Laura kannte, war ihr Selbstbewusstsein ein ganzes Stück gewachsen.

»Ich wette, es wird dir gefallen«, sagte Laura und grinste.

»Was denn?«, fragte Rebecca.

»Mit Phil rumzuknutschen …«

»Schön, dass du kommst«, sagte Dr. Crane und deutete mit einer Handbewegung an, dass Rebecca sich setzen sollte. »Es ist kein offizieller Test, den ich mit dir vorhabe. Eher eine Bitte. Also privat. Du … du sollst mir helfen.« Er lächelte.

Rebecca nickte und setzte sich. Sie war unsicher und nervös. Es fiel ihr schwer, sich in Dr. Cranes Gegenwart zu entspannen. Sie hatte immer den Eindruck, dass er sie kontrollierte und alle ihre Reaktionen protokollierte.

»Möchtest du etwas trinken? Tee? Cola?«

»Ein Glas Wasser, bitte«, antwortete Rebecca. Dr. Cranes Büro kam ihr überhitzt und stickig vor, aber das konnte auch Einbildung sein.

»Hast du in den letzten Tagen die Zeitung gelesen?«

»Nur flüchtig.«

»Schreckliche Sache, das mit dem Mord.«

Rebecca versuchte sich zu erinnern, was in dem Artikel stand. Sie hatte sich mit Laura darüber unterhalten, aber hauptsächlich über Helen Rutherford, die Frau des Professors. Sie hatten überlegt, ob ihre Ehe wohl glücklich war – und wie das funktionieren konnte: Kenneth Rutherford als Leiter eines geheimen Forschungsprojekts und Helen als Journalistin. Konnte der Professor tatsächlich schweigen?

»Der Mord …«, wiederholte Rebecca. Ein Mann war erschlagen worden, und bisher hatte die Polizei noch keine Spur von dem Täter.

»Ich kenne den Toten«, sagte Dr. Crane leise. »Wir haben früher zusammengearbeitet. Wir waren zwar nicht direkt befreundet, aber ich war ein paarmal bei ihm zu Hause. Der Sohn ist Autist. Henrys Frau hat vor fünf Jahren Selbstmord begangen.«

»Das tut mir leid«, sagte Rebecca mitfühlend. Und jetzt noch der Mord, schrecklich. Manche Familien traf es wirklich hart …

»Die Polizei verdächtigt Sam. Er ist immer noch verschwunden«, sagte Dr. Crane. Er klang heiser. »Aber ich kann mir eigentlich nicht vorstellen, dass er etwas damit zu tun hat. Er lebt in seiner eigenen Welt und ist auf die Hilfe seines Vaters angewiesen. Sam würde ihn nie umbringen. So ein Verdacht ist einfach absurd.«

»Und was soll ich jetzt tun?«, fragte Rebecca, obwohl sie sich schon vorstellen konnte, worum Dr. Crane sie bitten wollte.

»Du sollst versuchen, Kontakt mit Henry aufzunehmen«, sagte Dr. Crane. »Ich weiß, dass es schwierig für dich ist. Aber vielleicht erfahren wir so etwas über die näheren Umstände des Mordes.« Er blickte sie erwartungsvoll an.

Rebecca fühlte sich überfordert. Es würde bestimmt nicht klappen. Dass sie mit ihrer toten Freundin Jennifer reden konnte, hieß noch lange nicht, dass sie mit jedem beliebigen Toten kommunizieren konnte. Mit Jennifer konnte sie reden, weil sie früher sehr eng befreundet gewesen waren und einander vollkommen vertraut hatten, bis Jennifer dann den tödlichen Reitunfall gehabt hatte. Aber selbst mit Jennifer konnte sie nicht auf Kommando in Verbindung treten. Wenn Dr. Crane dabei Rebeccas Hirnströme maß und herausfinden wollte, was sich während des Kontakts in ihrem Kopf abspielte, ließ sich Jennifer nie blicken.

»Das … das wird schwierig werden.«

»Ich weiß«, sagte Dr. Crane und lächelte Rebecca an.

Nichts weißt du. Dr. Crane konnte bestimmt nicht begreifen, dass es den meisten Toten völlig egal war, was im Hier und Jetzt passierte. Sie hatten nicht das geringste Interesse, mit den Lebenden Kontakt aufzunehmen – schon gar nicht mit Fremden. Manche Verstorbene mussten auch erst einmal mit ihrer neuen Situation zurechtkommen; oft war ihnen gar nicht bewusst, was mit ihnen passiert war, und sie waren völlig irritiert. Dass es Rebecca vor einigen Wochen gelungen war, mit einem ermordeten Mädchen zu sprechen, war nur Jennifer zu verdanken gewesen.

Rebecca glaubte nicht, dass Jennifer sie auch in diesem Fall unterstützen würde.

»Ich glaube nicht, dass ... dass der Ermordete mit mir reden wird«, sagte Rebecca und merkte, dass sie schon die ganze Zeit die Hände verkrampfte. Sie hatte ihre Fingernägel so tief in die Haut gebohrt, dass es wehtat. »Ich bin nun mal kein Medium.«

»Mir ist klar, dass bei dir Emotionen eine große Rolle spielen«, sagte Dr. Crane. »Hier im Institut sollst du deine Fähigkeiten weiterentwickeln. Du bist nicht hier, um nur wie bisher mit deiner toten Freundin zu sprechen. Du sollst deine Begabung trainieren, damit du Aufgaben wie diese hier übernehmen kannst.«

Rebecca schoss das Blut in den Kopf. Was bildete sich Crane ein, so mit ihr zu reden? Warf er ihr etwa vor, sie würde sich nicht genügend anstrengen? Dr. Crane hatte ja keine Ahnung! Am liebsten wäre sie aufgesprungen und hinausgelaufen.

»Es hängt davon ab, ob Ihr Freund überhaupt mit mir reden will«, sagte sie so ruhig sie konnte. »Ich gebe mir bei den Tests immer Mühe. Aber was kann ich dafür, wenn die Toten nicht mitmachen? Es ist unfair, dass Sie mir die Schuld geben!«

»Von Schuld ist nicht die Rede«, erwiderte Dr. Crane. »Niemand gibt dir Schuld. Ich am allerwenigsten. Ich weiß, dass du dich jedes Mal anstrengst. Ich möchte nur, dass du mit einer positiven Einstellung an die Sache herangehst. Du musst es wollen. Du musst überzeugt sein, dass es funktionieren kann. Interessiert es dich nicht, zu erfahren, was wirklich geschehen ist?«

»Doch, natürlich«, murmelte Rebecca und versuchte, ihre Wut herunterzuschlucken. Zum x-ten Mal nahm sie sich vor, ihre Gefühle besser zu kontrollieren und sich nicht von irgendwelchen Bemerkungen aus der Bahn werfen zu lassen.

»Du bist also bereit, es zu versuchen?«, fragte Dr. Crane nach.

Rebecca nickte.

»Auch wenn es kein offizieller Test ist?«

»Ja.«

Einen Augenblick lang dachte Rebecca, dass Dr. Crane noch etwas auf dem Herzen hatte, aber dann sagte er doch nichts mehr, sondern blätterte in seiner Mappe. Er zog ein Foto heraus, das einen weißhaarigen Mann zeigte, etwa Mitte sechzig.

»Hier. Das ist Professor Henry Fletcher. Das Foto ist schon ein paar Jahre alt, ich hoffe, es hilft dir trotzdem. Bitte konzentriere dich auf das Bild. Du kannst dich gerne auf die Couch legen, das ist bequemer.«

Rebecca stand auf und ging zu der Liege, die mit schwarzem Leder bezogen war. Normalerweise fanden die Tests nicht in Cranes Büro statt, sondern im Keller, wo sich die Labors befanden. Sie legte sich hin und sah sich das Foto an.

Ein schmales Gesicht mit buschigen Augenbrauen. Tiefe Falten, die von der Nase zum Mund führten. Das linke Lid hing ein wenig herunter, aber die Augen schienen sie neugierig anzusehen. Das weiße Haar war licht, und Fletcher trug es für Rebeccas Geschmack etwas zu lang. Sie konnte nicht genau sagen, ob ihr der Mann sympathisch oder unsympathisch war. Irgendetwas an ihm störte sie, aber sie wusste nicht, was es war.

»Und jetzt?«

»Schließ die Augen und versuche, Kontakt mit ihm aufzunehmen.«

Das funktioniert nie!, dachte Rebecca, während sie die Augen schloss. Wie sollte sie den Toten kontaktieren? »Hallo, Professor Fletcher, sind Sie irgendwo da draußen? Können Sie mich hören? Wenn ja, dann melden Sie sich bitte …«

Ein Kichern ertönte. Jennifer. Das war klar, sie fand die Situation wahrscheinlich amüsant …

»Das ist überhaupt nicht komisch,« teilte Rebecca ihr in Gedanken mit. »Dr. Crane erwartet, dass ich ihm helfe. Der Tote ist ein alter Bekannter von ihm.«

Ich kann mich ja mal umhören. Wieder erklang fröhliches Lachen. Rebeccas Mundwinkel fingen an zu zucken.

Meine Güte, dass ich hier auf Dr. Cranes Couch loslache, geht gar nicht! Rebecca bemühte sich nach Kräften, ernst zu bleiben, aber wie sollte sie konzentriert bei der Sache sein, wenn Jennifer da war und sich lustig machte?

»Hilf mir! Ich soll diesen Mann auftreiben, Henry Fletcher. Er ist vor ein paar Tagen erschlagen worden, und Crane will wissen, wer es getan hat …«

Warum interessiert ihn das?, fragte Jenny. *War er es vielleicht selbst?*

»Wie kommst du darauf?« Rebecca zuckte zusammen. Ihr wurde bewusst, dass sie gerade laut gesprochen hatte. Jennifers Kichern wurde leiser und verhallte in der Ferne. Es hörte sich an, als würde die Freundin durch einen langen Tunnel zurückgezogen.

Rebecca öffnete die Augen auf. »Es ... es hat keinen Sinn«, sagte sie verlegen und setzte sich auf. »Meine Freundin hat gesagt, dass sie sich umhören will, aber ich weiß nicht, ob sie es wirklich tut. Sie hat mich nicht ganz ernst genommen, fürchte ich.«

»Deine Freundin hat gerade mit dir gesprochen?«, fragte Dr. Crane interessiert.

»Ja.«

»Kannst du das Gespräch möglichst genau wiederholen?«

»Nein.« Rebecca spürte, wie sie wieder rot wurde. Wann würde sie das endlich abstellen können? »Es ... es war sehr privat ... und auch etwas albern.«

»Albern?« Crane zog ungläubig die Augenbrauen hoch.

»Jenny macht oft Witze«, versuchte Rebecca sich zu rechtfertigen, aber sie hatte das Gefühl, dass sie damit alles nur noch verschlimmerte. »Genau wie früher. Sie ... war immer ein fröhlicher Mensch.«

Wahrscheinlich blamierte sie sich gerade furchtbar. An einem Mord war überhaupt nichts Witziges, und der Ermordete war schließlich Dr. Cranes Bekannter gewesen.

»Es tut mir echt leid«, entschuldigte sich Rebecca und zog die Schultern hoch. »Ich kann nichts dafür. Jenny ist nun mal so.«

»Falls es diese Jennifer überhaupt gibt«, erwiderte Dr. Crane. Er sah jetzt richtig verärgert aus. »So langsam habe ich meine Zweifel, ob sie nicht doch nur eine Erfindung von dir ist. Vielleicht ist das Institut wirklich nicht die richtige Schule für dich.«

Rebecca traute ihren Ohren nicht. Sie saß da wie erstarrt, während ihr Herz raste. Hatte Dr. Crane diese Worte eben wirklich zu ihr gesagt? Er war doch sonst immer so nett und höflich gewesen und hatte stets Verständnis gezeigt, wenn sie bei einem Test versagte.

»Ich werde diesen Vorfall zu meinen Akten nehmen.« Er schrieb etwas auf ein Stück Papier.

»Aber ... aber Sie haben doch gesagt, dass der Versuch privat ist und nicht zu den Tests gehört«, sagte Rebecca. Sie hatte auf einmal einen Kloß im Hals.

»Ich weiß langsam nicht mehr, was ich denken soll.« Dr. Crane wirkte nervös, während er sich Notizen machte. »Bei den Tests ist deine Jennifer niemals aufgetaucht, wir haben mindestens zwanzig Versuche gemacht. Und kaum stelle ich dir eine andere wichtige Aufgabe, ist sie plötzlich da. Das kann doch nicht sein.«

»So war es gar nicht ...«

»Wie dann?«

Rebecca suchte nach einer Erklärung. »Ich habe mich wirklich auf Professor Fletcher konzentriert. Aber dann war Jennifer plötzlich in meinen Gedanken ...«

»Jetzt sagst du es selbst. Sie war in deinen Gedanken«, wiederholte Dr. Crane.

»Ja, und?« Rebecca starrte ihn an.

»Das bestätigt meine Vermutung, dass es nur dein Unterbewusstsein ist, das diese Figur projiziert. Du hast gar keinen echten Kontakt mit Verstorbenen. Du erfindest deine tote Freundin.«

Rebecca öffnete den Mund und schloss ihn wieder, ohne etwas zu sagen. Ihr fehlten die Worte. Es war ungeheuerlich, was Dr. Crane ihr da unterstellte. Ausgerechnet er, der sie immer so ernst genommen hatte!

Er schrieb den Satz zu Ende und schlug seine Mappe zu.

»Ich werde deinen Fall mit den anderen besprechen müssen. Wir werden darüber diskutieren, ob das Institut für dich weiterhin das Richtige ist.«

»Heißt das ... Sie werfen mich raus?«, fragte Rebecca tonlos. Sie konnte es nicht fassen, was gerade geschah. Sie kam sich vor wie im falschen Film. Wieso regte sich Crane so auf? Sie wollte ihm doch nur helfen. Es war schließlich nur ein Versuch.

»Die Entscheidung liegt nicht bei mir.«

Rebecca stand auf. Sie hatte das Gefühl, keine Luft mehr zu bekommen. Sie würde rausfliegen. Sie sollte das Institut verlassen – jetzt, wo sie gute Freunde gefunden hatte.

»Dr. Crane – bitte ...«

»Was gibt es noch?«, fragte er kühl.

Plötzlich kam ihr ein rettender Gedanke. »Wie hätte ich im Fall der kleinen Alice das Phantombild des Mörders zeichnen können, wenn ich nicht Kontakt zu einem der ermordeten Mädchen gehabt hätte?«

Aber Dr. Crane wischte auch diesen Einwand vom Tisch. »Dafür gibt es sicher eine andere Erklärung. Andy hat starke telepathische Fähigkeiten, die er schon beim *Remote Viewing* bewiesen hat. Vielleicht hat er das Bild des Mörders empfangen.«

»Aber *ich* habe das Bild gezeichnet und nicht Andy ...«

»Ihr könntet euch abgesprochen haben.«

»Aber Laura war dabei ...« Rebecca hatte Tränen in den Augen. Sie wusste, dass es keinen Sinn hatte. Dr. Crane vertraute ihr nicht mehr. Im Gegenteil, er schien alles daranzusetzen, dass sie das IPP verlassen musste.

Es war zu viel. Rebecca stürmte zur Tür.

Dr. Crane hielt sie nicht zurück.

5

Die Weihnachtsbeleuchtung war für Lauras Geschmack eindeutig übertrieben. Das Foyer des Instituts blinkte und glitzerte wie der Eingangsbereich eines großen Kaufhauses. Ein üppig geschmückter Weihnachtsbaum reichte fast bis zur Decke, und aus unsichtbaren Lautsprechern hörte man leise Weihnachtsmusik.

»Hier war das Motto wohl ›Klotzen statt Kleckern‹«, kommentierte Laura. »Wie kitschig!«

Rebecca schwieg. Laura stieß sie in die Rippen.

»Jetzt zieh nicht so ein Gesicht. Denkst du etwa immer noch an Dr. Crane?«

Rebecca nickte. Geistesabwesend winkte sie Andy zu, der gerade mit Carl an ihnen vorüberging.

Laura verdrehte die Augen. »Ich kann mir beim besten Willen nicht vorstellen, dass Dr. Crane das tatsächlich so gemeint hat. Das wird sich sicher aufklären.«

»Er hat sich ziemlich deutlich ausgedrückt«, sagte Rebecca heftig. »Du nimmst mein Problem überhaupt nicht ernst.«

»Doch, das tue ich«, widersprach Laura. Sie hatten vorgestern Nacht Stunden darüber diskutiert. Laura hatte endlos auf Rebecca eingeredet. Sie hatte geglaubt, dass es ihr gelungen war, Rebecca davon zu überzeugen, dass Dr. Crane nur wütend gewesen war und überreagiert hatte. »Ich bin aber der Meinung, dass du dir zu sehr den Kopf über die Sache zerbrichst. Warte erst mal ab, bestimmt hat sich Dr. Crane inzwischen wieder eingekriegt. Du warst so nett, ihm einen

Gefallen zu tun. Und er kann dich nicht dafür verantwortlich machen, dass der Versuch nicht geklappt hat. Er wird sich bestimmt bei dir entschuldigen. – Und jetzt erzähl mir endlich, wie es gestern mit Phil im Kino war.«

Rebecca seufzte. »Schön. Der Film war super, und wir haben uns wirklich gut verstanden.«

Laura grinste. Mit dieser knappen Information würde Becky ihr nicht davonkommen. »Habt ihr euch geküsst?«, bohrte sie nach.

»Nein«, antwortete Rebecca sofort. »Bei *mir* geht das nicht so schnell.« Es klang etwas genervt.

»Sorry, ich bin eben neugierig.«

»Schon okay.«

Laura sah, dass Rebecca nach jemandem Ausschau hielt. Sie war überzeugt, dass sie Phil suchte, doch dann sagte Rebecca: »Mist, Dr. Crane ist auch da. Er unterhält sich mit Dr. Morgenstern. Bestimmt reden sie über mich.«

»Jetzt krieg keinen Verfolgungswahn.« Laura legte beruhigend eine Hand auf Rebeccas Schulter.

»Ich werde heute bestimmt in Rutherfords Büro gerufen.«

»Becky, Crane wäre ganz schön blöd, wenn er allen von der Sache erzählen würde«, meinte Laura. »Dann müsste er ja zugeben, dass er *eigenmächtig* einen Versuch gestartet hat. Und das auch noch, um deine Gabe für seine Zwecke zu missbrauchen. Ich glaube wirklich nicht, dass Rutherford darüber begeistert wäre.«

Rebecca sah Laura an. »Vielleicht hast du recht. Aber ich hab einfach Angst, dass Crane bei Rutherford schlecht über mich redet, weil er noch keinen Beweis dafür hat, dass ich wirklich mit Jenny Kontakt habe.«

»Dann solltest *du* mit Rutherford reden.«

»Du meinst, ich soll Dr. Crane verpetzen?«, fragte Rebecca ungläubig.

Laura zuckte mit den Achseln. »Wenn es nicht anders geht. Schließlich hat er sich alles andere als nett benommen.«

In diesem Moment kam Jeff mit drei Bechern auf sie zu. »Hey, Mädels, mögt ihr Punsch?« Er reichte ihnen die Becher und legte seinen freien Arm um Lauras Taille.

»Hi, Jeff.« Laura küsste ihn auf den Mund.

Rebecca schien die Situation unangenehm zu sein.

»Ich gehe mal rüber zu Phil«, entschuldigte sie sich. »Ich wollte ihn noch was fragen wegen ... äh ... einer Hausaufgabe.«

Laura zwinkerte ihrer Freundin verschwörerisch zu.

»Bis später, Becky!«, rief Jeff ihr hinterher. Etwas leiser fragte er Laura: »Meinst du, wir haben sie vergrault?«

»Ach was«, erwiderte Laura, »sie will bloß noch ein bisschen mit Phil quatschen. Schließlich werden sie sich zwei Wochen nicht sehen.«

»Stimmt, er vermisst sie wahrscheinlich jetzt schon.« Jeff grinste.

Laura drehte sich um und sah ihn überrascht an. »Weißt du mehr als ich?«

Jeff lächelte und zog sie an sich. »Wer weiß? Ich finde jedenfalls, dass die beiden gut zusammenpassen würden.«

»Stimmt, Phil ist der perfekte Schwiegersohn«, sagte Laura.

Jeff verzog das Gesicht.

»Was ist?«

»Ich hoffe, das denken deine Eltern von mir auch.«

»Machst du dir noch immer wegen des Besuchs Sorgen? Ich hab meinen Eltern nur Gutes von dir erzählt.«

»Eben deshalb, ja.«

Laura musste lachen. »Das ist völlig unnötig. Mein Exfreund war laut meiner Mom ein kiffender Gitarren-Rowdy. Schlimmer als das kann es ihr zufolge gar nicht werden. Du dürftest also gute Karten haben.«

»Da bin ich ja beruhigt«, knurrte er.

»Sei nicht albern, Jeff.«

Er wich ihrem Blick aus. Immer, wenn Laura Mark erwähnte, reagierte Jeff eingeschnappt. Wie sollte sie ihm klarmachen, dass er keinen Grund hatte, eifersüchtig zu sein?

»Jeff ...« Laura hob die Hand und berührte seine Wange. Sie sah ihm in die Augen. »Wie oft soll ich dir noch sagen, dass du der Einzige für mich bist?«, sagte sie. »Alles andere ist Vergangenheit und spielt keine Rolle mehr.«

»Tut mir leid«, murmelte Jeff. »Ich werde eben leicht eifersüchtig.«

»An deiner Stelle würde ich unbedingt mit Rutherford sprechen. Dr. Crane ist zu weit gegangen.« Phil klang aufgebracht.

»Das sagt Laura auch.« Rebecca blickte sich nervös um, um sicherzugehen, dass niemand ihr Gespräch belauschte. Doch die anderen waren damit beschäftigt, Punsch zu trinken und Berge von Keksen zu essen. Am anderen Ende des Raumes sangen einige Schüler Weihnachtslieder, von Ms Winterbottom, der Musiklehrerin, auf dem Klavier begleitet. *»I'm dreaming of a white Christmas ...«*

Rebecca hörte Andys Stimme deutlich heraus.

Die Aussicht auf die nahenden Ferien hob die allgemeine Stimmung und erweckte den Eindruck völliger Harmonie. Niemand stritt, alle schienen glücklich.

Ihr müsst auch keine Angst haben, von der Schule zu fliegen, dachte Rebecca.

»Crane weiß ganz genau, dass man den Kontakt zu einem Toten nicht erzwingen kann. Erst recht nicht, wenn einem der Verstorbene vollkommen unbekannt ist.«

Wie Rebecca besaß Phil die Fähigkeit, mit Toten zu kommunizieren. Niemand konnte ihren Frust besser nachvollziehen als er.

»Aber findest du es nicht mies, ihn zu verpfeifen?«, fragte Rebecca unsicher. »Vielleicht sollte ich erst noch mal mit ihm reden.«

»Ich glaube nicht, dass das etwas bringt. Wenn er seinen Fehler einsehen würde, hätte er sich inzwischen längst bei dir entschuldigt. Außerdem hat Rutherford ein Recht darauf, zu erfahren, was seine Mitarbeiter hinter seinem Rücken treiben.«

»Wahrscheinlich hast du recht«, sagte Rebecca nachdenklich. »Ich werde morgen früh zu Rutherford gehen.«

Einen Moment lang schwiegen beide.

»Gute Entscheidung. Und jetzt solltest du versuchen, die Sache wenigstens für heute zu vergessen und die Feier zu genießen.« Phil lächelte sie an, und Rebecca fühlte sich plötzlich beruhigt. Es stimmte, sie machte sich einfach zu viele Gedanken. Wahrscheinlich war wirklich alles nur halb so schlimm. Sie würde mit dem Professor sprechen, und die Sache würde sich aufklären. Der Einzige, der etwas zu befürchten hatte, war Dr. Crane.

Sie nahm sich einen Keks von einem der Weihnachtsteller. Er schmeckte nach Vanille und Zimt, fast so gut wie die Kekse von Grandma Evelyn.

Phil und Rebecca schlenderten gemeinsam zu einem Tisch,

an dem bereits Carl, Tom, Emily und AJ saßen. Gerade als sie sich setzen wollten, spürte Rebecca eine Hand auf ihrer Schulter. Als sie sich umdrehte, blickte sie in Andys Gesicht.

»Hallo, Rebecca, alles klar bei dir?«

Rebecca schüttelte den Kopf. »Nein, überhaupt nicht, Andy. Mir geht's eigentlich richtig mies.« Sie hätte ihm am liebsten von ihren Sorgen erzählt, aber in dem Moment rief Carl laut: »He, unser neues Traumpaar ist da!«

»Traumpaar?«, fragte Andy irritiert.

»Er meint Rebecca und Phil«, erklärte Tom.

Carl grinste. »Das ist ja die reinste Partnerbörse hier.«

»Fragt sich, warum du dann noch solo bist«, meinte Phil.

»Ich warte darauf, dass Dr. Morgenstern endlich erkennt, dass ich der Mann ihrer Träume bin.«

»Ödipuskomplex«, kommentierte AJ trocken.

Alle lachten.

»Nein«, beteuerte Carl. »Ihr solltet ihre Blicke sehen. Die Frau verzehrt sich nach mir.«

»Wahrscheinlich verzehrt sie sich danach, dass die Therapiestunde zu Ende geht, weil du sie einfach zur Verzweiflung bringst.«

»Sehr witzig, Phil.« Mit gespielter Entrüstung schob Carl seine Brille zurecht. Dann drehte er sich zu Phil. »Schon gemerkt? Ihr steht unterm Mistelzweig!«

Rebecca und Phil sahen ihn überrascht an. Alle Blicke wanderten nach oben. Tatsächlich, sie standen direkt unter dem Zweig, der mit einer roten Schleife geschmückt war. Andy trat rasch einen Schritt zur Seite und wandte sich ab.

»Oh …«, murmelte Phil.

»Ihr müsst euch küssen«, riefen Carl und AJ.

Rebecca merkte, wie sie rot wurde. Sie hatte das Gefühl, dass ihr Kopf glühte.

»Du ... musst nicht ...«, stotterte sie.

»Sonst bringt es doch Unglück.« Phil grinste. Ihm schien die Situation überhaupt nicht peinlich zu sein.

Sie sahen sich an, und zum ersten Mal fielen Rebecca die kleinen ockerfarbenen Sprenkel in Phils braunen Augen auf.

Ihre Lippen berührten sich. Rebeccas Herz klopfte so laut, dass sie dachte, jeder im Saal würde es hören. Sie fühlte sich auf einmal leicht, fast schwerelos. Dann war der Kuss vorbei, aber sie hatte immer noch den Eindruck, dass das, was gerade geschah, völlig unwirklich war. Die Musik schien von weit her zu kommen. Sie hörte Lauras Stimme.

»Have yourself a merry little Christmas,
Let your heart be light ...«

Carl sagte irgendetwas, und die anderen lachten.

Rebecca wurde sich wieder bewusst, wo sie war. Sie lächelte Phil verlegen an.

»From now on, our troubles will be out of sight.«

6

DAILY REPORT

21. Dezember

Ermordeter Wissenschaftler in Aids-Skandal verwickelt

Henry Fletchers Vergangenheit weist einen dunklen Punkt auf

von Helen Rutherford

Im Fall des ermordeten Wissenschaftlers Prof. Henry Fletcher gibt es noch immer keine heiße Spur. Die Polizei geht davon aus, dass es zwischen dem Verbrechen und dem Verschwinden von Samuel Fletcher, dem Sohn des Ermordeten, einen Zusammenhang geben muss. Fletchers Bekannte zeigten sich angesichts der Tat erschüttert. Der Wissenschaftler war in Riverside sehr angesehen. Allerdings wurde jetzt bekannt, dass Fletcher keineswegs eine reine Weste hatte, wie alle geglaubt hatten.

Fletcher arbeitete vor zwölf Jahren als leitender Arzt in einer Klinik in New Jersey. Nachforschungen ergaben, dass er unter fragwürdigen Umständen entlassen wurde. Offenbar wurde in der Klinik ein Medikament zur Blutgerinnung verwendet, das bereits vom Hersteller zurückgerufen worden war, weil es im Verdacht stand, mit HI-Viren verseucht zu sein. Warum es trotzdem weiter in der Klinik verwendet wurde und wie viele Patienten infiziert worden sind, ist ungeklärt. Drei ehemalige Klinikpatienten sind seitdem an Aids gestorben, mindestens vier weitere sind daran erkrankt.

Die Verantwortlichen wurden damals vor Gericht gestellt, Fletcher kam jedoch mit einer Geldstrafe davon. Warum ihm für diesen Skandal nicht die Zulassung als Arzt entzogen wurde, ist unklar. Offenbar wurden die genaueren Umstände vertuscht. Bis zu seiner Pensionierung vor vier Jahren war Fletcher in einer Klinik in Rochester tätig. Zudem lehrte er an der dortigen Universität. Seine ehemaligen Kollegen gaben an, nichts von dem Skandal gewusst zu haben.

Könnte es sein, dass dieser dunkle Punkt in Fletchers Vergangenheit etwas mit dem Mord zu tun hat? Bisher kann man nur mutmaßen. Bei den Ermittlungen steht weiterhin das Verschwinden von Samuel Fletcher im Vordergrund. In der Polizeidienststelle in Riverside sind bereits Hunderte von Anrufen eingegangen, allerdings noch keiner, der einen entscheidenden Hinweis lieferte.

7

»Es war unverantwortlich, was Sie getan haben, Christopher!« Rutherford stellte seine Tasse auf den Tisch. Der Kaffee schwappte über und hinterließ hässliche Flecken auf der Zeitung.

Dr. Crane räusperte sich. Er wirkte angespannt. »Ich gebe zu, meine Reaktion war vielleicht nicht ganz angemessen. Rebecca hätte zu mir kommen sollen, anstatt mich bei Ihnen anzuschwärzen.«

»Von Anschwärzen kann keine Rede sein. Sie haben das Mädchen völlig verunsichert.« Rutherford versuchte, seine Stimme ruhig klingen zu lassen, aber er konnte seinen Ärger kaum verbergen. Er kannte Rebecca gut genug, um zu wissen, dass sie nur zu ihm gekommen war, weil ihre Freunde ihr gut zugeredet hatten. Sie und ihre Freundin Laura waren am Morgen gemeinsam bei ihm aufgetaucht. Laura war es gewesen, die ihm die Ereignisse geschildert hatte. Rebecca hatte er fast jedes Wort aus der Nase ziehen müssen.

Crane rieb seine Hände, als wäre ihm kalt.

»Es tut mir leid … Ich war wütend. Auf mich wirkte es so, als würde Rebecca nicht mit mir zusammenarbeiten wollen – ja, als würde sie sich insgeheim über mich lustig machen.«

»Das ist noch lange kein Grund, ihr damit zu drohen, sie von der Schule zu verweisen. Außerdem steht es Ihnen nicht zu, eigenhändig Aufgaben an die Schüler zu vergeben. Warum haben Sie mich nicht eingeweiht?« Rutherford sah Crane herausfordernd an.

»Ich wollte Sie nicht … damit behelligen, Kenneth … Sie haben so schon genug zu tun …«

»Ich denke, wir sollten die Aufklärung dieses Falles der Polizei überlassen«, fuhr der Professor fort. »Oder können Sie mir einen Grund nennen, warum er für uns von Interesse ist?«

Crane drehte an seinem Ehering. Für einen Moment war das stetige Knacken der Heizung das einzige Geräusch im Raum.

»Henry Fletcher war ein guter Bekannter von mir«, murmelte Crane.

»Das hätten Sie gleich sagen sollen.« Rutherford war jetzt nicht mehr ganz so verärgert.

Crane druckste herum. »Wir haben eine Zeit lang zusammengearbeitet. Vor ungefähr zwölf Jahren.«

Rutherford wurde hellhörig. »Die Klinik in Jersey?«

Crane nickte. »Ja … Aber ich war nur kurz dort, ein paar Monate.«

»Waren Sie etwa auch in diesen Medikamentenskandal verwickelt?« Rutherford tippte auf die Zeitung.

»Nein, um Gottes willen. Das war nach meiner Zeit. Ich habe ein Sabbatjahr genommen und bin nach Europa gereist, um die großen Städte kennenzulernen – London, Paris, Rom. Anschließend habe ich in Kalifornien gelebt.«

»Ach ja. Ihre Fortbildung in San Francisco.«

»Genau.«

»Wissen Sie trotzdem etwas Näheres über den Skandal?«

»Nicht viel. Die europäischen Zeitungen interessieren sich nicht sonderlich für eine Klinik in Jersey.« Crane machte eine entschuldigende Geste. »Henry und ich hatten einige Jahre lang kaum Kontakt«, erklärte er. »Ich war damals sehr auf mein berufliches Weiterkommen konzentriert, und meine Kinder waren noch klein. Wir haben uns einfach aus den Augen verloren.«

»Wie kommt es dann, dass Sie sich jetzt so brennend für den Fall interessieren?«

»Vor fünf Jahren habe ich Henry in Rochester wiedergetroffen, das war kurz nach dem Selbstmord seiner Frau Doris. Wir haben uns beide sehr über das Wiedersehen gefreut. Während meiner Zeit in New Jersey habe ich ihn wirklich schätzen gelernt. Ich war damals Assistenzarzt. Er war geduldig und immer bemüht, auch Menschen aus armen Verhältnissen eine Behandlung zu ermöglichen. Außerdem hat er mir geholfen, als ich in finanziellen Schwierigkeiten steckte.«

»Hmm«, machte Rutherford.

»Er war ein guter Mensch, verstehen Sie? Ich kann mir beim besten Willen nicht vorstellen, warum ihn jemand umbringen sollte. Das Schicksal hat ihm in den letzten Jahren genug zugesetzt.«

»Wissen Sie etwas über den Selbstmord seiner Frau?«

»Nur, dass Doris unter Depressionen litt und medikamentenabhängig war. Es fiel Henry schwer, darüber zu reden. Es hatte wohl etwas mit Sam zu tun, sie kam einfach nicht mit seiner Krankheit klar. Henry hat erzählt, dass sich seine Schwester Winifred manchmal um Sam gekümmert hat, weil Doris dazu oft gar nicht in der Lage war.«

Rutherford nickte. »Es ist sicher nicht leicht, wenn man einen autistischen Sohn hat.«

»Sam ist hochbegabt – auf seine Weise. Im Alltag ist er allerdings auf fremde Hilfe angewiesen. Er wird nie allein leben können.«

»Halten Sie es für möglich, dass Sam seinen Vater getötet hat?«

»Das kann ich mir nicht vorstellen«, sagte Crane.

»Und warum nicht?«

»Henry war Sams Bezugsperson. Sein Ein und Alles. Sam kann nicht allein auf die Straße gehen, er ist völlig orientierungslos. Er braucht feste Strukturen. Rituale. Alles, was seinen gewohnten Tagesablauf stört, bringt ihn aus der Fassung.«

»Aber dann könnte es doch sehr gut eine Tat im Affekt gewesen sein.«

Crane schüttelte den Kopf. »Das glaube ich einfach nicht. Sam ist normalerweise ein gutmütiger Kerl. Er bringt doch nicht den Menschen um, von dem er die meiste Liebe bekommt!«

Rutherford ging zum Fenster und blickte schweigend hinaus.

»Verstehen Sie, ich fühle mich für Sam irgendwie verantwortlich – jetzt, wo er auch noch seinen Vater verloren hat. Ich mache mir Sorgen um ihn. Deshalb will ich wissen, was an dem Abend genau passiert ist und ob der Täter Sam vielleicht entführt hat.« Cranes Stimme klang leise und schuldbewusst. »Aus diesem Grund habe ich auch Rebecca um Hilfe gebeten. Und weil es nicht geklappt hat, bin ich ausgerastet. Ich habe einfach überreagiert … Es tut mir leid …«

Rutherford atmete tief durch. Er beobachtete, wie sich die Schneeflocken aufs Fensterbrett setzten. Die Bäume im Park waren schneebedeckt.

»Fahren Sie über Weihnachten hin, Christopher.« Rutherford drehte sich wieder zu Crane um. »Besuchen Sie Fletchers Schwester, die sich ja jetzt wohl um alles kümmern muss. Und wenn Sam nach den Ferien immer noch nicht aufgetaucht ist, werden wir unseren vier begabten Jugendlichen eine Spezialaufgabe stellen. Sie könnten versuchen, Sam zu finden.«

»Ganz offiziell?«

»Genau. Ohne Heimlichkeiten uns gegenüber. – Und bei Rebecca entschuldigen Sie sich.«

Crane lachte nervös, aber Rutherford konnte ihm ansehen, dass er erleichtert war.

»Mit einem Blumenstrauß oder Schokolade?«

»Soviel ich weiß, interessiert sie sich sehr für Quantenphysik. Am besten, Sie lassen sich in einer Buchhandlung beraten, ob es da eine wichtige Neuerscheinung gibt.«

»Vielen Dank, Kenneth.« Crane räusperte sich. »Für alles.«

8

DAILY REPORT

29. Dezember

Neues im Fall Fletcher: Tatwaffe aufgetaucht!

Blutiger Baseballschläger in Waldstück gefunden

von Helen Rutherford

Ein Spaziergänger fand gestern Vormittag in einem Waldstück in der Nähe von Riverside einen Baseballschläger. Der Mann war mit seinem Hund im Wald spazieren gegangen, als dieser plötzlich zu bellen anfing und unter einem schneebedeckten Laubhaufen den Baseballschläger ausgrub, der rätselhafte braune Flecken aufwies. Alarmiert brachte der Mann den Schläger zur Polizei. Eine Analyse ergab, dass es sich bei den Flecken um das Blut des getöteten Wissenschaftlers Henry Fletcher handelt. Fletcher war am 10. Dezember in seinem Labor erschlagen worden.

Der Schläger, der mit Autogrammen der *New York Yankees* verziert ist, gehörte laut Aussagen einer Nachbarin dem Sohn des Forschers, Samuel Fletcher. Der Autist ist großer Baseball-Fan und beeindruckte Bekannte regelmäßig damit, die Ergebnisse sämtlicher Spiele aufzählen zu können. Sam Fletcher bleibt weiterhin verschwunden. Chief Detective Colin Smith sagte gestern der Presse: »Die Beweislage deutet darauf hin, dass Samuel Fletcher der Täter ist. Wir haben Samuels Fingerabdrücke auf dem Baseballschläger gefunden.« Die Nachbarin, Rita Holbrook, hält dies für ausgeschlossen: »Sam war so ein lieber Junge. Ich kann mir nicht vorstellen, dass er Henry etwas angetan hat. Hoffentlich geht es ihm gut und er taucht bald wieder auf.«

Die Polizei hat in dem betreffenden Waldstück einen Suchtrupp losgeschickt, bislang ohne Ergebnis. Es ist äußerst unwahrscheinlich, dass der Fall noch in diesem Jahr aufgeklärt wird.

9

In wenigen Stunden würde das alte Jahr vorüber sein. Laura war nervös. Den ganzen Tag über konnte sie nicht still sitzen. Sie hatte sogar ihr Zimmer aufgeräumt. Am liebsten hätte sie jetzt Jeffs Stimme gehört, aber er und seine Mutter feierten Silvester bei Verwandten. Heute Morgen hatten sie kurz telefoniert, und er war ziemlich einsilbig gewesen. Obwohl Laura sich einredete, dass das nichts mit ihr zu tun hatte und er sicher nur im Stress war, blieb ein ungutes Gefühl. Wahrscheinlich vermisste sie ihn einfach nur.

Das Weihnachtsessen mit ihrer Familie war erfreulich unproblematisch verlaufen. Gabriella und Aidan Matthews mochten Jeff auf Anhieb, und sogar Lauras jüngere Schwester Phoebe hatte sich diesmal mit abfälligen Bemerkungen zurückgehalten.

»Sehr nett, dein Jeff«, hatte Gabriella nach seiner Abreise gesagt. »Er hat wenigstens Ziele im Leben, im Gegensatz zu diesem Taugenichts Mark. Auch wenn er nicht gerade aus einer Bilderbuchfamilie kommt.«

Laura verdrehte die Augen, als sie daran dachte. Ihre Mutter war einfach unverbesserlich.

In ihrem CD-Player rotierte das neueste Album der *Babyshambles*, das ihr Jeff zum Geburtstag geschenkt hatte. Laura drehte die Stereoanlage lauter und betrachtete sich dann im Spiegel. Sie trug eine Jeans und ihr violettes Lieblingstop. Um acht sollte die Silvesterparty anfangen. Robyn, eine ehemalige Klassenkameradin, hatte sturmfreie Bude und feierte in der Villa ihrer Eltern. Aber vorher hatten Kim und Stephanie Laura eine Überraschung versprochen. Was sie wohl vorhatten?

Laura war gerade damit fertig, sich die Wimpern zu tuschen, als Gabriella die Tür aufriss und die Stereoanlage leiser drehte.

»Kein Wunder, dass du bei diesem Krach nichts hörst. Kim ist da!«

»Sorry, Mom!« Laura schnappte sich ihre Tasche. »Ich bin schon weg!« Sie stürmte die Treppe hinunter und rannte nach draußen, um ihre Freundin zu begrüßen.

Die beiden umarmten sich.

»Na, Miss Matthews, du hast dich ja ganz schön aufgedonnert! Noch nicht genug Verehrer?«, sagte Kim und lachte.

»Dafür siehst du aus, als wärst du soeben einem Manga entstiegen«, konterte Laura. Kims schwarze Haare waren zu einem asymmetrischen Bob geschnitten, und sie hatte ein paar pinkfarbene Strähnen. Mit ihrem ausgefallenen Klamottenstil und den schwarz umrandeten Katzenaugen sah sie einfach cool aus.

Kim hatte sich für den Abend den Jeep ihres Vaters ausgeliehen. Laura setzte sich auf den Beifahrersitz.

»Wir müssen noch Steph und ihren Freund abholen«, sagte Kim. »Sie ist jetzt mit Jared zusammen, weißt du das schon?«

Laura schüttelte den Kopf. Seit sie im IPP war, bekam sie nur noch die Hälfte aller Neuigkeiten mit, obwohl sie sich mit Kim und ihren anderen Freundinnen häufig Mails schrieb. Doch als Stephanie und Jared im Wagen saßen, wurden die wichtigsten Informationen nachgereicht, denn Stephanie schien das Bedürfnis zu haben, Laura über sämtliche

Skandale zu informieren, die seit ihrem Wechsel an die *Oakwood-Schule* vorgefallen waren.

»Du wirst es nicht glauben, Laura! Der Vater von Karen muss wahrscheinlich wegen Steuerhinterziehung ins Gefängnis. Und Ashley hat sich von Sebastian getrennt und ist jetzt mit diesem Loser Rick zusammen. Kannst du dir das vorstellen?«

Laura zuckte mit den Schultern. »Nicht wirklich, Steph. Aber wollt ihr mir nicht langsam mal verraten, wo wir überhaupt hinfahren?«

Jared grinste. »Zu einem Konzert.«

Laura wurde neugierig. »Zu welchem?«

»Halt dich fest: *Rotten Candy* spielen heute im *Blue Canoe*!« Steph beugte sich nach vorne und strahlte sie triumphierend an. Das *Blue Canoe* war lange Zeit Lauras Lieblingsklub gewesen. Es war bekannt für seine tollen Konzerte.

»Natürlich total ausverkauft. Wir haben die Karten nur bekommen, weil Kim Chaz, den Bassisten, kennt.«

Laura runzelte die Stirn. »Seid mir nicht böse, aber wer zum Teufel sind *Rotten Candy*?«

»Mensch, Laura, du kriegst wohl überhaupt nichts mehr mit?« Kim lachte. »Das ist momentan die heißeste Newcomerband der New Yorker Musikszene!«

»Das hab ich anscheinend irgendwie verpasst …«

»Wahrscheinlich hat dich Jeff zu sehr beansprucht«, meinte Jared augenzwinkernd.

»Heute wird jedenfalls gerockt!«, rief Kim und trommelte auf das Lenkrad.

Sie hatten die Stadt fast erreicht. Laura lehnte sich zufrieden in ihrem Sitz zurück. Der Abend begann vielversprechend.

10

Durch den Trockeneisnebel konnte man kaum etwas sehen. Laura und ihre Freunde hatten es geschafft, sich nach vorne bis fast zur Bühne zu kämpfen. Um sie herum standen unzählige Fans mit erwartungsvollen Gesichtern.

»Ein paar Groupies haben sie ja auch schon. Die sind doch höchstens dreizehn«, meinte Laura und zeigte auf ein Grüppchen stark geschminkter Mädchen in viel zu kurzen Röcken.

Die anderen lachten.

»Jedenfalls lässt die Band auf sich warten«, sagte Jared. »Das Konzert hätte schon vor zwanzig Minuten anfangen sollen.«

Kim formte mit ihren Händen einen Trichter und schrie in Richtung Bühne: »Macht's nicht so spannend, Jungs!«

Wie auf Kommando ging das Licht aus. Das Publikum jubelte.

Wenig später ertönten dumpfe Trommelschläge. Dann wurde der Schlagzeuger in gleißendes Scheinwerferlicht getaucht, ein schlaksiger Typ mit Kapuzenpulli.

Als Nächstes betraten zwei weitere Männer die Bühne, ein Keyboarder und ein Bassist.

»Hey, Chaz!«, rief Kim und winkte dem langhaarigen Bassisten zu. Er zwinkerte in ihre Richtung und begann, mit betont cooler Körperhaltung zu spielen. Die Beleuchtung der Bühne wechselte im Rhythmus zwischen Blau und Rot. Die Musik schwoll an, ebbte wieder ab und mündete schließlich in ohrenbetäubendes Getöse, bis nur noch das Wummern des Basses zu hören war. Ein vierter Scheinwerfer erhellte den Platz in der Mitte der Bühne. Die Mädchen neben Laura fingen an, hysterisch zu kreischen.

Ein hochgewachsener Typ löste sich aus dem Schatten hinter dem Keyboarder. Mit der einen Hand trug er eine Gitarre. Dann trat der Sänger in den Lichtkegel, und das Schlagzeug setzte wieder ein. Mit einer geübten Bewegung warf er sich den Gurt der Gitarre um und begann in wahnwitzigem Tempo, die Saiten anzuschlagen.

Laura starrte ihn an. Der Typ war gut. Er trug Jeans und ein schwarzes Tanktop. Eine tätowierte Schlange wand sich um seinen rechten Oberarm. Jetzt ergriff er das Mikro. Sein ungekämmtes dunkles Haar fiel ihm lässig ins Gesicht. Die Geste kam Laura bekannt vor. Mark hatte sich genauso bewegt. Konnte es sein ...?

Nein, vollkommen unmöglich! Er hatte keine Tätowierung ...

Der Sänger hielt die Augen geschlossen.

»Baby, we had everything,
but we threw it all away.
A gallery of broken dreams
and feelings gone astray«

Seine Stimme klang rau und dennoch zerbrechlich. So vertraut. Laura fühlte sich, als würde ihr der Boden unter den Füßen weggezogen.

»I'm wandering empty streets
no one's gonna break the chains,
I've got murder on my mind
and ice in my veins«

Die Menge tobte. Der aggressive Rhythmus zwang förmlich zum Tanzen. In Lauras Schläfen pochte das Blut, ihr Mund fühlte sich trocken an.

»When you left, you took my heart away ...«

Die Wucht des Refrains ging durch und durch. Der Sänger schrie förmlich ins Mikrofon und ging dabei in die Knie. Das Publikum flippte völlig aus. Von allen Seiten wurde geschubst und gedrängelt. Laura sah sich panisch um. Sie konnte weder Kim noch Steph oder Jared in dem Gewirr aus Armen und Köpfen entdecken. Jemand versetzte ihr einen Stoß in die Rippen. Laura taumelte nach vorne und krallte sich am Rand der Bühne fest.

Für den Bruchteil einer Sekunde trafen sich ihre Blicke. Laura sah die Überraschung in Marks Augen. Dann stand er auf, als sei nichts geschehen, und spielte weiter. Laura rang nach Luft. Ihr Körper fühlte sich taub an. Alles kam ihr so absurd vor, wie in einem Traum.

Plötzlich war Kim wieder neben ihr. Ihr Make-up war verschmiert.

»He, Laura, das ist mir echt 'ne Spur zu heftig hier vorne!«, rief sie. Sie nahm ihre Hand, und Laura ließ sich bereitwillig von ihr in den hinteren Bereich des Klubs ziehen, wo weniger Leute standen.

Kleine Punkte tanzten vor Lauras Augen. Kim legte den Arm um sie.

»Du bist ja ganz blass! Hast du Platzangst bekommen? Willst du lieber rausgehen?«

Laura schüttelte stumm den Kopf. Kim zog sie in Richtung Bar.

»Komm, wir holen uns erst mal was zu trinken.«

Laura blieb stocksteif stehen. Ihre Stimme zitterte. »Kim, der Sänger ... ist Mark!«

Kim sah sie fassungslos an. Dann schaute sie von Laura zur Bühne und wieder zurück.

»Ach du Scheiße, du hast recht.«

»*Natürlich* hab ich recht!«, zischte Laura.

»Oh nein, Laura, das tut mir so leid. Ich hatte echt keine Ahnung. Als Chaz von Mark gesprochen hat, wusste ich nicht, dass er diesen Mark meint ...« Kim sah zerknirscht aus.

»Ist schon okay.« Laura bemühte sich, ruhig durchzuatmen. »Die Überraschung ist euch jedenfalls gelungen.«

Die Band spielte in der Zwischenzeit weiter. Ein übermütiger Fan war auf die Bühne geklettert und wurde von einem Ordner weggezerrt. Mark machte eine ironische Bemerkung und leitete den nächsten Song ein, eine düstere Coverversion von *Paint it, black*.

11

Ein rabenschwarzer Tag, wirklich!

Sie hatte die Nase voll. Zuerst das Desaster mit dem Konzert und jetzt auch noch die Sache mit Kathy! Laura hatte sich eigentlich nur zu Robyns Party überreden lassen, weil sie wusste, dass Kathy auch da sein würde. Kathleen Spencer und sie waren, solange sie denken konnten, die besten Freundinnen und hatten sich seit einer Ewigkeit nicht gesehen.

Laura hatte geglaubt, dass sich Kathy genauso auf das Wiedersehen gefreut hatte wie sie. Außerdem wollte sie ihr unbedingt von dem Konzert und dem unerwarteten Wiedersehen mit Mark berichten.

Doch Kathy hörte Laura überhaupt nicht zu. Sie erzählte die ganze Zeit von ihrer Highschool und den tollen Typen dort. Der Gipfel war, dass sie mitten im Gespräch aufsprang und ein Mädchen, das aussah wie eine Barbie, überschwänglich begrüßte. Wie konnte Kathy sie nur derart abfertigen? Laura hätte sie am liebsten sofort sitzen lassen, aber Jared und Steph knutschten in einer Ecke, und Kim war nirgends zu finden. Jetzt hatte Laura endgültig genug. Okay, wenn niemand mit ihr reden wollte, dann legte sie auch keinen Wert darauf. Sie wollte allein sein. Wütend stieß sie die Tür zum Balkon auf.

Schneidende Kälte schlug ihr entgegen, aber das war jetzt genau das Richtige, um wieder einen klaren Kopf zu bekommen. In knapp einer Stunde fing das neue Jahr an, und sie wollte es sich nicht gleich von irgendwelchen Idioten verderben lassen. Laura ließ sich auf einen der Plastikstühle plumpsen. Der Lärm der Party war nur noch gedämpft zu hören. Um sie herum war es stockdunkel. Sie genoss die Ruhe und atmete tief ein.

»Na, langweilst du dich?«, fragte plötzlich jemand von der anderen Seite des Balkons.

Laura kniff die Augen zusammen, konnte aber nur ein rotes Glühwürmchen in der Dunkelheit erkennen.

Ein Schatten erhob sich und kam auf sie zu, eine brennende Zigarette in der Hand.

»Oh nein, *du* schon wieder?!«, murmelte Laura ungläubig. Der Albtraum nahm wohl kein Ende.

Mark hielt ihr seine Zigarettenschachtel hin. Sie lehnte ab, obwohl die Versuchung, wieder mit dem Rauchen anzufangen, nie größer gewesen war als jetzt.

»Nein, danke, ich hab's mir abgewöhnt.«

»Und sonst alles klar bei dir? Wie geht's dir so?«

Laura antwortete nicht. Wenn er jetzt hören wollte, dass er ihr das Herz gebrochen hatte, dann musste sie ihn enttäuschen!

»Glaub mir, ich war vorhin mindestens genauso überrascht wie du.« Er lachte heiser. »Bist du sauer, weil wir uns wiedergetroffen haben?«

»Es ist nicht deinetwegen. Glaub ja nicht, dass du noch wichtig für mich bist«, sagte Laura. Es klang patziger als beabsichtigt. »Ich habe mich über Kathy geärgert, das ist alles.«

»Ach, die ... Der sind doch unterm Solarium die letzten Hirnzellen weggebrutzelt.«

Laura musste grinsen. Mark war nie um einen bissigen

Spruch verlegen. Sie versuchte sich etwas zu entspannen. Dass sie nicht mehr zusammen waren, musste ja nicht bedeuten, überhaupt nicht mehr miteinander zu reden. »Was machst du überhaupt schon hier?«, fragte sie und bemühte sich, locker zu wirken. »Ich hätte nicht gedacht, dass du deine ganzen Groupies so schnell abschüttelst.«

Wieder das Lachen. »Ich bin eben unberechenbar.«

Laura schnitt im Dunkeln eine Grimasse. »Allerdings.«

»Robyn hat mich eingeladen. Sie war ganz wild drauf, mich ihren Freunden vorzustellen. Ich hatte ja überhaupt keine Lust, aber sie hat mich gestern noch angerufen und gefragt, ob ich auch wirklich komme.«

Laura schwieg.

»Wie läuft's auf deiner neuen Schule?«, wollte er wissen. »Hab gehört, das soll was ganz Exklusives sein.«

»Kann mich nicht beschweren. Die Schule ist okay. Nette Leute. Nur das Kaff ist ziemlich öde. Ohne Jeff würde ich es dort wahrscheinlich nicht aushalten.«

Laura hörte, wie Mark die Luft einsog.

»Jeff?«, hakte er dann nach.

»Mein Freund«, antwortete Laura. »Wir sind seit drei Monaten zusammen.«

Mark zündete sich noch eine Zigarette an und nahm einen tiefen Zug. Laura stellte fest, dass ihr Herz etwas schneller schlug als gewohnt.

»Du hast dich ja ziemlich schnell getröstet ...«

Schnell? Jetzt wurde Laura wütend. »Was hast du erwartet? Dass ich dir ewig hinterherweine? *Du* hast mich schließlich betrogen.«

Mark sagte nichts. Er schnippte die Asche auf den Boden.

»Du hast recht, tut mir leid«, murmelte er dann. »Ich hab's damals gründlich vermasselt.«

»Wow, endlich mal eine Erkenntnis!« Laura ärgerte sich darüber, dass ihre Stimme dabei zitterte.

Mark drückte die Zigarette aus und stand auf. »Hab schon bessere Partys erlebt. Ich geh mir noch ein Bier holen. Kommst du mit?«

Laura zögerte. »Okay«, sagte sie dann.

Keiner der übrigen Partygäste schien sich darüber zu wundern, Laura und Mark zusammen zu sehen. In der Ecke des Wohnzimmers saß ein Grüppchen albern kichernder Mädchen, darunter Kathy.

Blöde Kuh, sie beachtet mich nicht mal, dachte Laura.

Mark ging zielstrebig auf eine Tür zu. Dahinter lag ein kleines Zimmer, das als Vorratskammer diente. Bierkisten stapelten sich darin. Mark öffnete zwei Flaschen und reichte Laura eine.

»Und worauf stoßen wir an?«, fragte sie.

»Darauf, dass das neue Jahr besser wird als das alte?«

Laura zog eine Augenbraue hoch. »Für dich war es doch ziemlich erfolgreich. *Rotten Candy* kommen jetzt groß raus. Kim hat gesagt, ihr habt schon einen Plattenvertrag. War übrigens ein tolles Konzert.«

»Danke.« Er grinste verlegen. »Aber das meine ich nicht. Was die Musik betrifft, war es ein erfolgreiches Jahr, das stimmt. Aber was bringt einem das, wenn's privat nicht so gut läuft?«

»Jetzt tu nicht so, als würde es dir an Verehrerinnen mangeln. Bist du nicht mit dieser Trisha zusammen?«

Mark lachte verächtlich. »Quatsch. Da war nie was ... bis auf dieses eine Mal. Mir geht es nicht darum, irgendeine

Frau abzuschleppen. Ich hab inzwischen kapiert, dass es keine gibt, die dir das Wasser reichen kann.«

Das hatte er noch nie so deutlich gesagt, nicht einmal in der Zeit, in der sie zusammen gewesen waren. Um ihre Verlegenheit zu überspielen, trank Laura einen Schluck aus der Flasche. Durch den geöffneten Türspalt drang leise Musik. Jeff Buckleys *Lilac Wine*.

»I lost myself on a cool damp night
I gave myself in that misty light …«

Mark sah sie an. »Laura … bitte …«

Laura erwiderte seinen Blick. »Was soll das heißen?«

Er trat näher an sie heran. »Verdammt, Laura, kannst du dir das nicht denken? Das mit Trish war ein Ausrutscher. Wir waren beide total betrunken. Ich kann mir selbst nicht erklären, wie es passieren konnte, und ich weiß auch, dass ich es nicht wiedergutmachen kann. Ich wollte damals mit dir reden und die Sache klarstellen. Aber du hast ja alles abgeblockt. Und dann warst du weg, einfach so. Für mich warst … bist du die Einzige. Laura … ich liebe dich.«

Laura biss sich so fest auf die Lippe, dass es wehtat.

Marks Gesicht war nur Zentimeter von ihrem entfernt.

»Lilac wine is sweet and heady,
Like my love …«

Er roch nach Rauch und dem Rasierwasser, das sie so mochte. Sie sah ihm in die Augen, und in ihrem Kopf waren tausend Gedanken auf einmal.

»Lilac wine, I feel unsteady …«

Dann ging alles ganz schnell. Mark umfasste ihre Taille und zog sie an sich. Die halb volle Bierflasche glitt aus ihrer Hand und landete mit einem dumpfen Geräusch auf dem Teppich. Sie küssten sich. Es war wie früher … als wäre die

Zeit zurückgedreht worden. Laura schlang die Arme um seinen Hals und vergaß alles um sich herum.

Plötzlich ging die Tür auf.

»Oh, sorry!«, murmelte jemand.

Laura und Mark fuhren auseinander. In der Tür standen Kim und ein Junge, den Laura nicht kannte. Sie sah Kims überraschten Gesichtsausdruck. Im Nebenraum zählten die anderen laut die Sekunden bis Mitternacht. Dann ertönten Jubelrufe, und Feuerwerkskörper knallten.

»Frohes neues Jahr«, sagte Kim.

Zweiter Teil

Januar

1

Es ist kalt. Kalt und still. Endlich still. Alles ist weiß. Der Schnee deckt alles zu. Weiß ist still.

So still wie mein Dad.

Ich sehe noch das Blut. Zu viel Blut. Rot ist laut.

Ich habe den Lärm nicht ausgehalten. Ich musste weg. In den Wald.

Dort haben sie mich gefunden. Seitdem quälen sie mich mit Fragen. Ich will keine Antwort geben. Warum verstehen sie nicht, dass ich meine Ruhe will?

Wenn ich nicht antworte, bekomme ich nichts zu essen.

Sie haben mir auch meinen Schläger weggenommen. Aber ich weiß noch genau, wo er liegt. Ich vergesse nie etwas. Wenn ich hier rauskomme, werde ich ihn holen.

Vorhin haben sie mir einen Burger gebracht. Und eine Flasche Cola.

Und der Typ mit dem Bart hat mir ein gutes neues Jahr gewünscht.

Bestimmt haben sie es sich anders überlegt und bringen mich bald nach Hause.

Ich will heim. Zu meinem Dad.

Laura lag schlaflos im Bett und starrte ins Halbdunkel. Schwach zeichneten sich im Licht der Straßenlaternen die Umrisse der Möbel ab. Draußen knallten noch immer einige verspätete Silvesterkracher.

Sie konnte nicht schlafen. Es war der erste Tag des neuen Jahres. Eigentlich sollte sie sich auf die Zukunft freuen. Doch jetzt hatte die Vergangenheit sie eingeholt.

Mark …

All ihre Gefühle für ihn waren wieder da, intensiver denn je. Aber in ihrem Hinterkopf waren gleichzeitig auch die Verletzungen präsent. Sie durfte nicht vergessen, dass er sie betrogen hatte. Wegen einer Nacht hatte er leichtfertig ihre Beziehung aufs Spiel gesetzt …

Ich liebe dich.

Marks Worte. Konnte sie ihm vertrauen?

Und was war mit Jeff? Sie hatte keinen blassen Schimmer, wie es weitergehen sollte.

»Jeff, verzeih mir«, murmelte sie zerknirscht vor sich hin. Sie tastete nach dem Handy, das neben ihrem Bett auf dem Boden lag. Vor Jeffs Abreise hatte sie noch ein Foto von ihm gemacht. Laura rief das Menü auf. In diesem Moment ertönte ein akustisches Signal.

Eine Nachricht von Mark. Um ein Haar wäre Laura das Handy aus der Hand gerutscht. Richtig, sie hatte ihm ja noch ihre neue Nummer gegeben, bevor sie mit Kim Robyns Party verlassen hatte.

Das mit der Telefonnummer war der zweite Fehler. Der erste Fehler war gewesen, mit ihm rumzuknutschen.

Sollte sie die Nachricht löschen, ohne sie zu lesen? Das konnte sie nicht. Natürlich musste sie wissen, was er geschrieben hatte.

Ihre Hand zitterte, als sie die Nachricht öffnete.

»Es war schön, dich wiederzusehen. Du fehlst mir. Mark.«

Laura stöhnte. Sie wusste nicht, ob Mark in Robyns Wohnzimmer übernachtete – zusammen mit den anderen Partygästen, die zu viel getrunken hatten. Vielleicht war er auch zu Hause oder bei einem Freund. Sie stellte sich vor, was passiert wäre, wenn Kim nicht darauf bestanden hätte, sie nach Hause zu fahren.

Sie kannte die Antwort nur allzu gut.

»Danke, Kim«, murmelte sie und schloss die Augen.

Es half nichts.

Für mich bist du die Einzige.

Sie hörte wieder seine Stimme. Sie sah ihn beim Konzert auf der Bühne, erinnerte sich, wie sein Haar in die Stirn gefallen war. Und der Song war nur für sie gewesen.

»A gallery of broken dreams
and feelings gone astray.«

Das Handy klingelte. Ohne auf das Display zu sehen, wusste Laura, wer der Anrufer war.

»Ja?«, meldete sie sich.

»Laura?«

Ihre Kehle war trocken. »Ja?«

Sie hörte, wie Mark atmete.

»Das mit Jeff … ist es was Ernstes?«

Ihr Herz schlug so laut, dass sie glaubte, er müsse es hören. Sie antwortete nicht.

»Gib uns noch eine Chance«, flüsterte er. »Bitte.«

Sie drückte auf den Aus-Knopf und schaltete das Handy ab, bevor er noch einmal anrufen konnte. Sie wollte nicht, dass sie etwas sagte, was sie hinterher bereuen würde.

Sie war vollkommen durcheinander.

Laura legte die Hände auf den Bauch und begann, ruhig aus- und einzuatmen, um ihr inneres Gleichgewicht wiederherzustellen. Schon nach wenigen Atemzügen merkte sie, wie die wohlbekannten Vibrationen einsetzten. Der Beginn einer Out-of-Body-Erfahrung …

Ausgerechnet jetzt? Eigentlich hatte sie so etwas nicht beabsichtigt. Aber vielleicht war es gut, wenn sich ihr Geist von ihrem Körper löste und sich auf eine Reise begab … Eine Reise zu Jeff? Im körperlosen Zustand konnte sie mühelos viele Kilometer zurücklegen, wohin sie auch wollte.

Oder zu Mark? Vielleicht zu beiden, um Klarheit über ihre Gefühle zu bekommen?

Die Schwingungen waren stärker als sonst. Sie hatte Alkohol getrunken, ob es davon kam? Es war nicht klug, sich in diesem Zustand auf die Reise zu machen. Zu leicht konnte sie die Kontrolle verlieren.

Na und? Bisher war nie etwas passiert. Und sie musste Jeff sehen. Unbedingt. Ihn beobachten, wie er schlief. Es interessierte sie, wie sein Zuhause aussah … sein Zimmer …

Einatmen. Ausatmen.

Schon kündigte sich das sonore Brummen an, das die Trennung zwischen Geist und Körper vorbereitete. Laura hätte zu gerne gewusst, woher dieser Ton kam. Im Institut hatten sie diese Frage noch nicht beantworten können.

Laura wurde schwerelos und fing an, über ihrem Körper zu schweben. Das Zimmer hatte sich nicht verändert, aber ihre Sicht war schlechter. Alles war verschwommen, als trüge sie die Lesebrille ihrer Mutter.

»Scharf«, befahl Laura, denn mit dem Befehl konnte sie normalerweise ihr Sehvermögen in diesem Zustand verbessern. Aber diesmal klappte es nicht. Im Gegenteil. Je mehr sie sich bemühte, deutlicher zu sehen, desto schlechter wurde es. Fast wie unter Wasser. Die Möbel begannen zu wabern und ihre festen Formen zu verlieren. Die Wände krümmten sich und dehnten sich endlos. Die Perspektive stimmte nicht mehr …

Es musste am Alkohol liegen. Laura hatte so etwas noch nie zuvor erlebt. Vielleicht war es besser, die OBE abzubrechen. Doch da schwebte sie schon mit den Füßen voran durch die geschlossene Tür. Dann bewegte sie sich durch den Flur, während sich die watteweichen Wände in ihre Richtung bogen. Zum ersten Mal hatte Laura das Gefühl, an Atemnot zu leiden. Es war, als würde sie nicht genügend Sauerstoff bekommen. Ihr Herz schlug wie verrückt, dabei hatte sie ihren Körper doch zurückgelassen ... Jetzt schwebte sie durch die Wand zum Schlafzimmer ihrer Eltern. Gabriella und Aidan hatten einander den Rücken zugewandt und schliefen. Während Laura über sie hinwegschwebte, drehte sich Aidan um und setzte sich plötzlich auf. Hatte ihn Lauras Anwesenheit aufgeweckt? Seine Miene war jedenfalls so erschrocken, als hätte er gerade einen Einbrecher überrascht.

»Gabby ...«

Gabriella murmelte nur etwas und rückte ihr Kissen zurecht.

Laura betrachtete die Szene amüsiert. Ihre Eltern hatten von ihrer Fähigkeit keine Ahnung, und die Vorstellung, dass Laura unsichtbar über ihnen schwebte, hätte ihnen wohl auch nicht besonders gefallen. Laura fragte sich, ob es Menschen gab, die ihre körperlose Anwesenheit wahrnehmen konnten ... Manchmal hatte sie den Verdacht, dass einige Leute ihre Gegenwart durchaus spüren konnten.

Aidan legte sich wieder hin und zog die Decke bis zum Kinn hoch. Laura verließ das Schlafzimmer an der Fensterseite und war im Freien. Der Kontrast zwischen Hell und Dunkel, den die Straßenlaternen schufen, erinnerte Laura an ein Schwarz-Weiß-Foto. Das fahle Licht wirkte enorm kalt. Die Dunkelheit schien zuzunehmen und auf sie zuzukriechen. Es war anders als sonst. Laura wollte in ihren Körper zurückkehren. Meistens genügte der Gedanke daran, und schon war sie wieder in ihrem Körper – aber diesmal war es nicht so. Sie konzentrierte sich, doch es gelang ihr nur mit Mühe, Verbindung mit ihrem Körper aufzunehmen und das schwache silberne Band ausfindig zu machen, das zwischen ihrem physischen Körper und ihrem körperlosen Zustand bestand – eine Art glitzernde Leitlinie, an der sie sich orientieren konnte und die ihr den Rückweg zeigte …

Sie schwebte im Zeitlupentempo ins Haus zurück, das ihr noch düsterer und fremder vorkam als vorher. Vor ihrem Zimmer stieß sie auf einen unerwarteten Widerstand, und sie spürte ganz deutlich die Anwesenheit eines fremden Wesens. Links vor ihr waberte ein Schatten. Er hatte keine menschliche Gestalt.

Urplötzlich fühlte sie sich bedroht. Es war das erste Mal, dass sie jemandem in der Zwischenwelt begegnete. Sie hatte noch niemals fremde Wesen kontaktiert, die wie sie auf einer anderen Schwingungsebene existierten, und sie hatte auch noch nie einen der *Guides* getroffen, die Astralreisende manchmal durch fremde Welten begleiten sollten …

Der Schatten vor ihr war eindeutig feindlich. Jetzt wuchsen zwei Arme aus ihm heraus. Laura hatte Angst. Auf einmal wusste sie, dass der andere es auf ihren Körper abgesehen hatte. Er wollte ihn besetzen – und ihre Rückkehr verhindern! Sie musste ihm zuvorkommen.

Laura wünschte sich mit aller Kraft in ihren Körper zurück – und endlich fühlte sie den vertrauten Sog. Gleichzeitig spürte sie, wie eine Hand nach ihr griff und sie festhalten wollte. Bei der Berührung empfand Laura ein unbeschreibliches Grauen.

»Ich ... will ... mein ... Leben zurück«, flüsterte eine Stimme.

Mit größter Anstrengung gelang es Laura, sich loszureißen. Es gab einen heftigen Ruck, und sie war wieder in ihrem Körper.

Sie lag auf ihrem Bett, während ihr der kalte Schweiß ausbrach. Ganz deutlich spürte sie die Anwesenheit des Schattens. Sie wusste, dass er in ihrem Zimmer war und sie beobachtete, obwohl sie ihn nicht sehen konnte.

Sie wollte schreien, aber sie brachte keinen Ton heraus. Ihre Kehle war vor Angst wie zugeschnürt.

Sie versuchte, das Wesen mit ihrer Gedankenkraft zu vertreiben.

Wer immer du bist – hau ab! Du hast hier nichts zu suchen! Geh weg!

Es kam ihr vor wie eine Ewigkeit. Endlich fühlte sie, dass der Schatten ihr Zimmer verlassen hatte.

Laura blieb noch eine Weile liegen. Sie wagte kaum zu atmen. Dann richtete sie sich auf, schwang die Beine über die Bettkante und taumelte ins Bad. Sie konnte sich nur schwer auf den Beinen halten, so sehr zitterte sie. Mit Mühe fanden ihre Finger den Lichtschalter.

Sie blickte in den Spiegel. Sie sah schrecklich aus, und genauso fühlte sie sich. Ihre Haut war blass, und ihre Wimperntusche war total verschmiert. Sie hatte sich vor dem Ins-Bett-Gehen anscheinend nicht sorgfältig genug abgeschminkt, weil ihre Gedanken nur um Mark gekreist waren.

Jetzt starrte sie ihr Spiegelbild an, als könnte es ihr eine Antwort darauf geben, was eben passiert war.

Was war das für ein Schatten gewesen, und was hatte er von ihr gewollt?

Sie hatte immer noch das unheimliche Flüstern im Ohr.

»Ich ... will ... mein ... Leben zurück ...«

War es ein Toter, der sie benutzen wollte, um ins Leben zurückzukehren? Sie konnte schwören, dass er es auf ihren Körper abgesehen hatte – und wenn sie langsamer gewesen wäre, dann ...

Ihr wurde so schlecht, dass sie sich auf die Klobrille setzen musste.

Was wäre dann passiert? Hätte sie dann einen Mitbewohner in ihrem Körper, der bei allem, was sie tat und dachte, dabei war? Der womöglich sogar die Führung übernehmen könnte?

Oder würde er ihren Körper besetzen und sie selbst müsste draußen bleiben und als körperloses Wesen in der Zwischenwelt herumirren?

Wer hat mich da angegriffen? Und warum ausgerechnet mich?

Laura merkte, dass ihr die Tränen übers Gesicht liefen. Sie drehte den Hahn auf und kühlte ihr Gesicht mit kaltem Wasser.

Langsam wurden ihre Gedanken wieder klarer, und es gelang ihr, das Panikgefühl zu kontrollieren.

Sie musste unbedingt mit jemandem reden. Aber mit wem? Mark kam nicht infrage und ihre Familie erst recht nicht, denn sie hatte niemandem von ihrer besonderen Fähigkeit erzählt. Von ihren alten Bekannten war Kathy die Einzige, die Bescheid wusste, und sie hatte Laura immer vor derartigen »Experimenten«, wie sie es nannte, gewarnt. Doch selbst mit Kathy konnte Laura nicht reden, jedenfalls nicht mit dieser hirnlosen Person, die gestern auf Robyns Party gewesen war. Wie konnte sich ein Mensch in wenigen Wochen so verändern? Kathy war einmal ihre beste Freundin gewesen.

Laura überlegte, ob sie eine Mail an Professor Rutherford schreiben und ihm schildern sollte, was passiert war. Doch dann entschied sie sich dagegen. Das IPP hatte bisher keinerlei neue Erklärungen für rätselhafte Phänomene geliefert, keine einzige. Selbst Rutherford hatte keine innovativen Gedankengebäude entworfen oder dargestellt, aus wie vielen unsichtbaren Ebenen die Welt bestand. Im Institut gab es keine Antworten auf die Frage, was hinter allem steckte – zumindest noch nicht. Man war viel zu sehr damit beschäftigt, die einzelnen paranormalen Begabungen zu messen, zu testen, zu katalogisieren … Laura konnte sich gut vorstellen, dass Rutherford sie mit einigen beruhigenden Worten abspeisen und ihr dann noch schöne Ferientage wünschen würde. Das würde zu ihm passen …

Sie seufzte. Ob sie ihr Problem in den Foren über OBEs diskutieren lassen sollte? Früher hatte sie sich dort regelmäßig mit anderen Betroffenen oder Interessierten ausgetauscht. Doch seit sie im Institut war, hatte sie keinen einzigen Beitrag mehr geschrieben, obwohl es ihr niemand verboten hatte. Sie loggte sich auch kaum noch ein, um die Neuigkeiten zu lesen. Vielleicht war das ein Fehler. Aber das Forum hatte für sie einfach nicht mehr die Bedeutung wie früher. Sie hatte sich wie ein Profi unter lauter Laien gefühlt, wenn sie auf Einträge stieß wie *»Meine Schwingungen sind nicht stark genug«* oder *»Gestern Abend hätte es fast geklappt«*. Der reinste Kinderkram. Was war sie doch für eine arrogante Zicke geworden! Sie konnte sich nicht vorstellen, dass sich jetzt noch die frühere Verbundenheit mit den anderen Usern einstellen würde.

Sollte sie etwa posten: »*Ich habe einen Schatten gesehen, der in meinen Körper wollte. Weiß einer von euch vielleicht, wer oder was das war?*«

Unmöglich. Auf Antworten wie »*Du solltest vor einer OBE keinen Alkohol trinken!*« oder »*Solche Wahnvorstellungen kommen davon, wenn man auf einer Party mit seinem Ex rummacht!*« konnte Laura verzichten.

Rebecca! Rebecca würde ihre Ängste verstehen. Sie versuchte immer, den Sinn hinter allem zu sehen, sonst würde sie nicht ständig Bücher über Quantenphysik mit sich herumschleppen. Laura überlegte, ob sie Rebecca eine Mail schicken sollte, doch dann fiel ihr ein, dass sie nicht einmal wusste, ob es im Haus von Rebeccas Großeltern einen Computer mit Internetanschluss gab. Rebeccas Großeltern lebten in Connecticut und waren einfache Leute. Der Großvater betrieb noch etwas Landwirtschaft, von der Großmutter wusste Laura nur, dass sie gerne kochte und backte und gelegentlich für andere Leute nähte. Familienleben wurde bei den Hamiltons großgeschrieben. Rebecca liebte ihre Schwester über alles und beneidete sie, dass sie mit dreiundzwanzig Jahren bereits ihr zweites Kind bekam. Für Laura unvorstellbar.

Nein, sie konnte Rebecca unmöglich in ihrer Weihnachtsidylle stören. Sie hatte zwar die Telefonnummer der Hamiltons, und Rebecca hatte ihr auch gesagt, sie könnte jederzeit anrufen, wenn ihr danach wäre. Aber Laura entschied sich, es nicht zu tun.

Sie musste mit Jeff reden.

Jeff … Sie hatte keine Ahnung, wie es mit ihnen weitergehen sollte. Es sprach ja nicht gerade für sie, dass sie bei der erstbesten Gelegenheit mit Mark rumgeknutscht hatte.

Trotzdem. Jeff war der Einzige, der sie jetzt trösten konnte.

Sie verließ das Bad und ging in ihr Zimmer zurück. Die Leuchtziffern auf ihrem Wecker zeigten sechs Uhr dreißig. Ob Jeff schlief? Oder feierte er noch? Laura griff nach ihrem Handy und wählte seine Nummer.

Es tutete mehrere Male, aber niemand hob ab. Schließlich sprang der Anrufbeantwortet an. Laura legte auf, ohne eine Nachricht zu hinterlassen.

Die Enttäuschung war größer, als sie gedacht hatte. Was gäbe sie jetzt dafür, Jeffs Stimme zu hören.

2

»Ich kann nicht glauben, wie schnell die Ferien vorbeigegangen sind. Und ich hab gar nichts für die Schule gemacht!«, sagte Rebecca, während sie ihre Englischunterlagen sortierte.

»Ich auch nicht«, murmelte Laura. Sie lag auf ihrem Bett und starrte die Decke an.

Seit Lauras Ankunft am Nachmittag hatte Rebecca das Gefühl, dass mit ihrer Freundin etwas nicht stimmte. Laura sah blass aus und war ungewohnt still. Vielleicht war sie nur müde von der langen Autofahrt …

»Wollen wir zu *Bill's Corner* fahren?«, schlug Rebecca vor.

Die Kneipe in Riverside war ein beliebter Treffpunkt. Bill und sein Papagei Manolo sorgten immer für gute Laune.

Laura schien kurz zu zögern, doch dann sagte sie: »Ich setze heute keinen Fuß mehr nach draußen.«

»Du hast recht, es sieht ziemlich ungemütlich aus.« Rebecca schaute aus dem Fenster. Dicke Schneeflocken wirbelten vorüber, und an der Scheibe wuchsen Eisblumen. Der Wind, der die Schneeflocken antrieb, war so eisig, dass Rebecca sogar unter ihrer Daunenjacke gefroren hatte, als sie heute Morgen angekommen war.

Sie machte einen weiteren Versuch, Laura aus der Reserve zu locken.

»Phil hat vorgeschlagen, im Aufenthaltsraum eine DVD anzuschauen. Du kannst ja mitkommen.«

»Keine Lust«, war die prompte Antwort.

»Ach so, du willst bestimmt auf Jeff warten.« Sein Flugzeug hatte wegen des schlechten Wetters Verspätung.

»Mal sehen.«

Jetzt hielt Rebecca es nicht mehr aus. »He, was ist denn los? Irgendwas stimmt doch nicht.«

Laura starrte weiterhin die Decke an und schwieg.

»Du musst es mir nicht erzählen«, sagte Rebecca vorsichtig. »Aber vielleicht würde es dir helfen, darüber zu reden. Ich merke doch, dass dich was bedrückt.«

Laura seufzte tief und sah Rebecca an.

»Becky, hattest du schon mal das Gefühl, die Kontrolle über deine Fähigkeit zu verlieren?«

»Ich weiß nicht … Natürlich klappt es nicht immer so, wie ich es mir wünsche. Du weißt doch, wie Jenny ist … Sie kommt und geht, wie es ihr passt.«

Laura richtete sich auf. »Nein, ich meine, ob du schon mal richtig Angst hattest. Hast du dich nie … bedroht gefühlt?«

Rebecca sah sie verwundert an. »Bedroht?«, wiederholte sie. »Nein.«

Laura kaute nervös auf ihrer Unterlippe. »Mir ist an Neujahr was total Unheimliches passiert«, begann sie dann. »Seitdem kann ich kaum noch schlafen.«

Rebecca hörte ungläubig zu, als ihr Laura von dem Wesen berichtete, das sie während ihrer OBE verfolgt hatte. Als sie fertig war, schloss Laura die Augen und massierte ihre Schläfen, als habe sie Kopfschmerzen.

»Das hört sich … echt unheimlich an«, sagte Rebecca. »Hast du schon mit Rutherford darüber geredet?«

Laura stieß verächtlich die Luft aus. »Was denkst du denn? Natürlich nicht. Der Herr Professor interessiert sich doch nur dafür, wie seine *Forschung* vorangeht. Unsere Probleme sind ihm im Grunde egal.«

»Du weißt, dass das nicht stimmt«, erwiderte Rebecca. »Vielleicht hat er ja eine Ahnung, was es gewesen sein könnte, und kann dir helfen. Er beschäftigt sich doch schon jahrelang mit PSI-Phänomenen.«

In diesem Moment ertönte ein SMS-Ton. Laura schnappte sich ihr Handy. Rebecca beobachtete, wie sie mit versteinerter Miene die Nachricht las.

»Was Wichtiges?«, fragte Rebecca, weil Laura nichts mehr sagte.

»Nein.« Laura blickte aus dem Fenster. Sie wirkte durcheinander. Plötzlich sprang sie auf. »Verdammte Scheiße!«

Sie zog ihre Schuhe und ihren Mantel an.

»Was ist denn jetzt los?«, fragte Rebecca.

»Nichts.« Laura wühlte in ihrer Handtasche. »Irgendwie passieren mir in letzter Zeit ständig Sachen, die ich nicht verstehe.«

Sie hatte gefunden, was sie suchte, und war bereits an der Tür.

»Laura, warte doch! Wo willst du hin?«

»Ich geh eine rauchen.«

»Aber …« Rebecca traute ihren Ohren nicht. Laura war so stolz darauf gewesen, dass sie sich das Rauchen abgewöhnt hatte.

Ein lautes Klopfen ließ die beiden innehalten. Laura öffnete die Tür. Draußen stand Jasper van Baarle.

»Ich hoffe, ich störe euch nicht«, sagte er. Sein Gesichtsausdruck war ernst. »Professor Rutherford erwartet euch in einer halben Stunde in seinem Büro. Er hat eine wichtige Aufgabe für euch.«

3

Laura war nervös. Die Zigarette, die sie hastig vor der Tür geraucht hatte, hatte ihr nicht geschmeckt, und sie war auch nicht ruhiger davon geworden, ganz im Gegenteil. Laura hatte das Gefühl, gleich aus der Haut fahren zu müssen. Sie war total genervt. Den Grund dafür kannte sie genau: Sie wusste nicht, wie sie sich Jeff gegenüber verhalten sollte. Zum Glück war er immer noch nicht da.

Würde sie ihm in die Augen sehen können? Sie hatte zwar beschlossen, dass die Knutscherei mit Mark ein einmaliger Ausrutscher gewesen war. Sie hatten sich auch nicht wieder gesehen, weil Mark mit seiner Band schon am zweiten Januar weitergereist war. Aber sie standen in regelmäßigem Kontakt, und Laura hatte jedes Mal Herzrasen, wenn sie eine SMS von ihm bekam. Sie konnte sich noch so sehr einreden, dass Nachrichten wie *»Ich denke nur noch an dich«* harmlos waren, das schlechte Gewissen blieb. Sie wusste, dass sie sich eigentlich für Jeff entschieden hatte, brachte es aber nicht übers Herz, sich gleichzeitig *gegen* Mark zu entscheiden. Alles war irgendwie in der Schwebe, und das machte sie fertig.

In dieser Stimmung waren Dr. Cranes Ausführungen kaum zu ertragen. Er stand vor dem Flipchart, während Professor Rutherford und Rachel Morgenstern zu seiner Rechten auf zwei Stühlen saßen. Jasper lehnte lässig an der Fensterbank. Rebecca sah aus wie ein verschrecktes Kaninchen, und auch Andy schien nicht besonders glücklich zu sein. Laura fand, dass er in den Ferien noch dünner geworden war.

»Meine Güte!« Crane lachte etwas gekünstelt. »Entspannt euch! Das hier ist kein Tribunal. Ihr seid hier, weil wir euch im Fall Fletcher um Mithilfe bitten wollen.«

Laura hörte, wie Rebecca aufatmete.

»Wie ihr wisst, ist Professor Fletcher … äh … *war* er ein guter Bekannter von mir«, sagte Dr. Crane. »Wir haben früher eine Zeit lang zusammengearbeitet. Deswegen geht mir sein Tod auch besonders nahe. Aber das ist nicht der einzige Grund. Euch ist sicher bekannt, dass die Polizei noch immer nach Samuel fahndet, Henrys Sohn. Er ist momentan der Hauptverdächtige.«

Er erzählte, dass Fletchers Nachbarin ihm berichtet hätte, es habe am Vorabend der Tat einen heftigen Streit zwischen Vater und Sohn gegeben. Das habe Henry ihr selbst gesagt. Er sei abends mit dem Hund spazieren gegangen und habe dabei die Nachbarin getroffen. Henry habe sich beklagt, dass Sam momentan besonders schwierig und empfindlich sei.

»Sobald seine Forschungsarbeiten abgeschlossen sein würden, wollte Henry sich nur noch um seinen Sohn kümmern.« Crane machte eine kurze Pause. »Er wusste, dass Sam in der letzten Zeit etwas zu kurz gekommen war. Aber sein Projekt steckte gerade in einer entscheidenden Phase.«

»Klingt nach einem Workaholic«, warf Rachel Morgenstern ein.

»Möglich«, erwiderte Crane. »Aber Sam war für Henry sehr wichtig – das Wichtigste auf der Welt. Er ist immer sehr liebevoll und geduldig mit seinem Sohn umgegangen, besonders nach dem Tod seiner Frau.«

Laura wurde immer ungeduldiger. *Komm endlich zum Punkt,* hätte sie ihm am liebsten ins Gesicht geschrien. *Worin besteht unsere Aufgabe?*

»Ich kann mir noch immer nicht vorstellen, dass Sam etwas mit dem Mord zu tun hat«, sagte Crane. »Henrys Schwester hält das auch für ausgeschlossen – und sie kennt Sam sehr gut. Die Polizei hat jedoch Sams Fingerabdrücke auf der Tatwaffe gefunden – und damit ist der Fall für sie ziemlich eindeutig.«

»Und was sollen wir jetzt tun?«, platzte Laura heraus. Sie hielt es einfach nicht mehr aus. Alle Tatsachen waren hinreichend bekannt – und den Rest empfand sie als unnötiges Gelaber.

»Ich möchte euch bitten, mit in Fletchers Haus zu kommen. An den Tatort.« Jetzt sah Crane Andy an. »Vielleicht spürt ihr etwas von dem, was an jenem Abend vor sich gegangen ist. Möglicherweise ist Andrew in der Lage, sich mit Sams Gedanken zu verbinden. Wir müssen Sam finden.«

Laura sah, dass Andy protestieren wollte. Er wurde rot, und er schien etwas sagen zu wollen. Doch er blieb stumm, und seine Schultern sanken zusammen.

»Okay«, murmelte er. »Einen Versuch ist es wert.«

Dr. Cranes Miene hellte sich auf. Er lächelte.

»Ja, so sollten wir es sehen. Es ist ein Versuch. Ein Experiment. Fühlt euch nicht unter Druck gesetzt. Aber vielleicht sind eure besonderen Fähigkeiten schon so weit entwickelt, dass ihr etwas mehr Klarheit in diesen Fall bringen könnt.«

»Und was soll ich dabei tun?«, fragte Laura. »Ich kann weder mit Toten kommunizieren, noch kann ich hellsehen.«

»Mit deinem besonderen Talent kannst du vielleicht herausfinden, wo sich Sam momentan aufhält«, antwortete Crane und sah Laura an.

Laura hatte das Gefühl, dass sein Blick sie regelrecht durchbohrte. Einen Moment lang war sie sicher, dass er wusste, dass sie Angst vor dem nächsten außerkörperlichen Trip hatte. Ihr war klar, dass sie jetzt eigentlich ihr Problem ansprechen sollte. Rebecca schaute auffordernd zu ihr herüber.

»Äh … übrigens … da gibt es etwas, das Sie wissen sollten«, setzte Laura an, aber im selben Moment klingelte Dr. Cranes Handy. Er zog es aus der Innentasche seines Jacketts, murmelte »Entschuldigung, das ist ein wichtiger Anruf« und verließ mit großen Schritten den Raum.

Laura sah Rebecca an und zuckte die Schultern.

Jetzt stand Professor Rutherford auf und trat vor das Flipchart. Er zog die Kappe von einem dicken Filzstift und schrieb *Autismus* auf den Papierbogen. Der Stift quietschte. Dann drehte sich Rutherford zu den Jugendlichen um.

»Wie ihr vielleicht gehört habt, ist Samuel Fletcher Autist.« Rutherford fixierte Andy. »Wahrscheinlich seid ihr mit dieser Krankheit nicht sehr vertraut. Deswegen ein paar allgemeine Informationen. Die meisten Autisten haben Kommunikationsprobleme. Daher wird es für dich wahrscheinlich auch nicht einfach sein, ihn zu erreichen, Andrew.«

Andy nickte.

Rutherford schrieb nun einige Stichpunkte auf.

»Man unterscheidet zwischen frühkindlichem Autismus und dem Asperger Syndrom«, erklärte er. »Das Asperger Syndrom ist eine leichtere Form des Autismus. Bis zum dritten Lebensjahr gibt es bei dem Betroffenen keinerlei Auffälligkeiten. Das Kind entwickelt sich zunächst völlig normal. Meistens wird das Asperger Syndrom zwischen dem dritten und fünften Lebensjahr diagnostiziert. Oft gibt es Schwierigkeiten im Kindergarten. Das Kind ist unfähig, mit anderen zu spielen, und hat auch gar nicht den Wunsch dazu. Es entwickelt sich zum Einzelgänger. Es bevorzugt oft ein ganz bestimmtes Spielzeug und ist an anderen Dingen überhaupt nicht interessiert. Es liebt Rituale und gerät aus der Fassung, wenn die Routine gestört wird. Dabei kann es sich sprachlich oft perfekt ausdrücken und hat nicht selten einen besonders elaborierten Wortschatz, der für sein Alter ungewöhnlich ist. Manche sagen dazu auch ›Little-Professor-Syndrome‹.«

Der medizinische Vortrag begann Laura zu langweilen. Sie sollten doch keine Doktorarbeit schreiben, sondern einen Mörder verfolgen! Vor lauter Nervosität fing die Haut unter ihrem Pullover an zu jucken. Sie fragte sich, wo Crane so lange blieb und was das für ein wichtiges Gespräch war, das er jetzt unbedingt führen musste.

»Manche Autisten sind ungewöhnlich intelligent«, fuhr Professor Rutherford fort. »Man spricht von sogenannten Inselbegabungen. Menschen, die eine Inselbegabung haben, nennt man *Savants*. Fünfzig Prozent der *Savants* sind Autisten. Vielleicht hat jemand von euch den Film *Rain man* gesehen. Dustin Hoffman spielt darin einen Autisten, der ein mathematisches Genie und ein Gedächtniskünstler ist, aber mit den einfachsten alltäglichen Dingen nicht klarkommt. Solche *Savants*, wie im Film dargestellt, gibt es tatsächlich. Die Ursachen für die Inselbegabung sind noch nicht völlig erforscht. Aber es gibt verschiedene Theorien. Ich halte folgende Theorie für die plausibelste: Wissenschaftliche Untersuchungen haben ergeben, dass unser Gehirn zu unglaublichen Leistungen fähig ist. Bei gesunden Menschen werden viele Dinge gefiltert, sodass sie gar nicht erst in unser Bewusstsein vordringen. Bei Autisten liegt in diesem Bereich eine Störung vor. Tausende oder gar Millionen von Einzelheiten landen im Bewusstsein, was ganz natürlich zu einer Überforderung führt. Der Kranke muss selektieren – und deswegen werden bestimmte Bereiche einfach ausgeblendet.«

»Hat Sam auch so eine Inselbegabung?«, wollte Rebecca wissen. »In der Zeitung stand, dass er sämtliche Ergebnisse von Baseballspielen aufzählen kann.«

»Dr. Crane sagt auch, dass Sam ein ungewöhnlich gutes Gedächtnis hat«, antwortete Rutherford. »Ob er tatsächlich ein *Savant* ist, weiß ich nicht. Autistisch veranlagte Menschen gibt es viele, aber nicht jeder ist automatisch ein *Savant*. Weltweit soll es nur etwa hundert geben, aber die Dunkelziffer ist vielleicht höher.«

Weil Dr. Crane wieder in den Raum kam, gab Rutherford Rebeccas Frage an ihn weiter.

»Sam ist schon erstaunlich«, sagte Crane, während er die Notizen auf dem Flipchart betrachtete. »Er besitzt eine ausgeprägte Vorliebe für Zahlen. Seine Leidenschaft ist Baseball, und er kann wirklich alle möglichen Ergebnisse blitzschnell rauf und runter rasseln. Als Kopfrechenkünstler ist er mir jedoch nie aufgefallen, aber so gut kenne ich ihn auch nicht. Ich weiß nur, dass er extrem beunruhigt ist, wenn irgendetwas den normalen Alltagsablauf stört. Und genau aus diesem Grund glaube ich nicht, dass er seinen Vater getötet hat.«

»Falls er die Folgen der Tat überhaupt einschätzen konnte«, warf Rutherford ein. »Sie haben selbst gesagt, Christopher, dass Sam manchmal regelrechte Anfälle bekommt, wenn ihn etwas aus der Fassung bringt. Autisten können sich schlecht in andere Menschen hineinversetzen. Sie müssen es mühsam lernen, wenn sie sich sozial integrieren wollen. Was allerdings den wenigsten gelingt. Glauben Sie, Christopher, dass Samuel zu vorausschauendem Denken fähig ist? Wäre ihm die Konsequenz einer solchen Tat überhaupt klar gewesen – dass er denjenigen tötet, der sich um ihn kümmert und auf den er angewiesen ist? Könnte Sam nicht im Affekt gehandelt haben?«

Laura merkte, dass Dr. Crane unsicher wurde.

»Ich kann mir absolut nicht vorstellen, dass Sam es gewesen ist«, sagte er dann. »Aber weil die Polizei anders darüber denkt, möchte ich unser Spezialteam beauftragen.«

Laura grinste. *Spezialteam* – das hörte sich gut an!

»Laura Matthews, Rebecca Hamilton und Andrew Gibson«, sagte Jasper, der die ganze Zeit nur zugehört hatte.

»Genau.« Rutherford nickte. »Unsere Besten.«

Rebecca errötete. Andy dagegen blickte zu Boden, als ginge ihn die Angelegenheit nichts an.

»Und was ist mit Jeff?«, fragte Laura. »Gehört er denn nicht zu unserem Team? Oder wurde er nur nicht genannt, weil er noch nicht da ist?«

Rutherford sah sie an. »Ich weiß, dass ihr ihn dabeihaben möchtet, Laura«, sagte er. »Jeff besitzt zwar ein unglaubliches telekinetisches Potenzial, aber er hat noch immer nicht gelernt, seine Fähigkeit zu kontrollieren. Im Oktober, bei eurem ersten Fall, hat er dich durch sein spontanes Eingreifen retten können. Ich dachte natürlich auch, dass Jeff allmählich anfängt, seine Gabe bewusst zu steuern. Aber seither hat er nicht die geringsten Fortschritte gemacht – und im Moment bin ich mir nicht sicher, ob er sein Talent je ausschöpfen wird. Aber ich gebe die Hoffnung noch nicht auf. – Um deine Frage zu beantworten, Laura: Jeff ist bei dieser Aufgabe nicht dabei.«

4

Jeff gähnte. Es war Viertel nach zwölf, als der Wagen in die Einfahrt des Instituts bog. Jasper stellte den Motor ab.

»Noch mal danke fürs Abholen«, sagte Jeff, als Jasper sein Gepäck aus dem Kofferraum hob.

»Keine Ursache.« Jasper grinste. »Es ist ja schließlich in unserem Interesse, dass ihr rechtzeitig zum Unterricht wieder da seid.«

Nachdem er die Tür aufgeschlossen und Jeff geholfen hatte, seine Koffer ins Foyer zu tragen, verabschiedete er sich. »Bis morgen früh!«

Jeff verzog das Gesicht bei dem Gedanken daran, am nächs-ten Tag nicht ausschlafen zu können. Die endlose Warterei am Flughafen war anstrengend gewesen, und während des Fluges hatte ihm sein Sitznachbar, ein älterer Herr, seine halbe Lebensgeschichte erzählt. Jeff hatte zunächst nicht unfreundlich sein wollen und Interesse geheuchelt. Aber irgendwann hatte er es nicht mehr ausgehalten und seinen nagelneuen MP3-Player ausgepackt. Sein Weihnachtsgeschenk von Laura. Eigentlich wollte Jeff ihr den MP3-Player gleich wieder zurückzugeben, weil er viel zu teuer war. Laura wuss-te genau, dass er sich kein Geschenk in dieser Preisklasse leisten konnte. Nach einer kurzen Diskussion hatte Jeff aber dann schließlich eingelenkt. Genau dieses Modell hatte er sich schon lange gewünscht, und wenn es Laura glücklich machte ... Sie hatte ihm mehrfach versichert, dass sie kein teures Geschenk erwarte, und außerdem schien sie sich über die Gitarrennoten wirklich gefreut zu haben.

Er hatte Laura sehr vermisst. Zwar hatte er die Zeit zu Hause genossen, aber dann doch die Tage bis zum Schulbeginn gezählt. Vor der Treppe zögerte er und überlegte, ob er nicht doch schnell zu ihr gehen sollte. Aber die Mädchen schliefen bestimmt schon, und es wäre Rebecca gegenüber unhöflich, jetzt noch zu stören.

Also lieber nicht.

Jeff schulterte seine Reisetasche und trug den schweren Koffer die Treppe zum Schlaftrakt der Jungs hinauf. Seine Mutter hatte ihm wieder viel zu viel unnützes Zeug eingepackt. Sie dachte immer, er würde hier im Institut verhungern. Jeffs Arme taten weh, und er freute sich auf sein Bett. Als er in den langen Korridor einbog, ging das Licht aus. Jeff fluchte leise, weil er keine Hand frei hatte. Im Dunkeln tastete er sich bis zu seiner Zimmertür, stellte das Gepäck ab und suchte nach dem Lichtschalter. Als es hell wurde, sah er, dass Laura vor seiner Tür saß.

»Hallo, Laura«, sagte er überrascht.

Sie trug ein altes Kapuzensweatshirt und schien eingenickt zu sein. Jetzt wurde sie wach und lächelte ihn an.

»Ich hatte Sehnsucht nach dir.«

Jeff streckte seine Hand aus und zog sie hoch.

»Hoppla, mein Fuß ist eingeschlafen.« Laura streckte sich und gab ihm einen Kuss.

»Ich freue mich natürlich, dass du da bist«, sagte er, während er die Tür aufsperrte. »Wie lange hast du denn hier gewartet?«

»Keine Ahnung, eine Stunde vielleicht? Ich konnte sowieso nicht schlafen.«

»Du bist verrückt, dich so lange auf dem Flur aufzuhalten. Du wirst dich erkälten.«

»Ach was. Mir war gar nicht kalt.«

Er wusste, dass sie log. Ihre Nasenspitze war rot, und sie rieb gedankenverloren ihre Hände.

Im Zimmer war es noch eisiger als auf dem Flur.

»Dieser blöde Cutter hätte wenigstens mal die Heizung anschalten können«, murmelte Jeff. Aber er wusste genau, dass der miesepetrige Hausmeister sich nicht allzu sehr um das Wohl der Schüler sorgte. »Ich werde heute Nacht im Trainingsanzug schlafen müssen, fürchte ich.«

Laura zog die Schultern hoch. »Sieht so aus. In unserem Zimmer ist es wärmer, aber leider schläft Rebecca schon, sonst hätte ich dich zu mir eingeladen.«

Jeff grinste und zog sie in seine Arme. »Dann müssen wir eben dafür sorgen, dass uns warm wird.«

Sie küssten sich wieder, aber diesmal wollte keine rechte Kuschelstimmung aufkommen. Wahrscheinlich war es im Zimmer doch zu eisig.

Laura befreite sich schließlich aus der Umarmung. »Ich glaube, ich geh dann mal wieder. Wir sehen uns morgen.«

Irgendetwas in ihrem Blick irritierte ihn.

»He, was ist los?«

»Ach … es ist nichts.«

»Nein, dafür kenne ich dich zu gut. Irgendwas stimmt nicht.«

Laura druckste herum. Sie ließ sich auf sein Bett fallen und zog die Ärmel des Sweatshirts bis über die Hände.

»Okay. Du hast recht. Ich muss es dir sagen.«

Jetzt wurde Jeff nervös.

»Es ist besser, wenn du es von mir erfährst als von jemand

anderem.« Laura starrte ins Leere. Jeff setzte sich neben sie. Wollte sie etwa Schluss machen? Hatte sie deswegen auf ihn gewartet? Nein, das konnte nicht sein. Er nahm ihre Hand.

»Jetzt sag schon.«

Laura atmete tief durch. »Rutherford hat uns einen Auftrag gegeben. Du hast doch im Dezember den Zeitungsartikel über den Mord an diesem Wissenschaftler gelesen.«

»Ja, die Polizei sucht noch immer nach seinem Sohn. Bisher ohne Erfolg. Und Rutherford möchte jetzt ...«

» ... dass wir in dem Fall ermitteln. Er und Dr. Crane glauben, dass Sam unschuldig ist. Crane kannte den Toten, sie waren sogar so was wie Freunde.«

Das war in der Tat eine Überraschung.

»Wow. Aber deswegen hättest du nicht extra aufbleiben müssen«, meinte Jeff. »Das hätten sie mir doch morgen selbst sagen können.«

»Nein, Jeff.« Laura sah niedergeschlagen aus. »›Wir‹ bedeutet in dem Fall Rebecca, Andy und ich. Morgen Abend geht es los, wir werden uns Fletchers Haus ansehen.«

Jeff ließ seine Hand sinken. »Oh. Das heißt ohne mich ...«

»Tut mir leid«, flüsterte Laura zerknirscht.

Jeff musste schlucken. Was für eine Ungerechtigkeit. Warum war er ausgeschlossen worden? »Und was ist mit dem Fall im Oktober, den wir gemeinsam gelöst haben? Ohne uns wäre Andys Schwester jetzt tot! Hat Rutherford das vergessen?«

»Nein, aber er findet, dass ... dass ...«

»Was?« Jeff wurde ungeduldig.

»Ach, er behauptet eben, dass du deine Fähigkeit noch nicht gut genug kontrollieren kannst. In gewisser Hinsicht hat er damit ja auch recht.«

Jeff sprang auf und funkelte Laura empört an. »Was soll das denn heißen? Glaubst du das auch?«

»Na ja ... denk doch an unsere Auseinandersetzung an Weihnachten und die beiden Christbaumkugeln, die runtergefallen sind. Die Dinger sind schweineteuer. Meine Mom ist fast ausgeflippt, als sie die Scherben gesehen hat. Ich musste sie anlügen und sagen, dass ich versehentlich an den Baum gestoßen bin.«

»Sehr nett von dir.« Die Ironie in Jeffs Stimme war nicht zu überhören.

»Jeff, es tut mir leid«, wiederholte sie.

Es stimmte, dass ab und zu noch immer etwas zu Bruch ging, wenn er sich aufregte. Aber war das ein Grund, ihn auszuschließen? Immerhin hatte er im Oktober Laura mit seiner Fähigkeit aus den Fängen eines Killers befreit.

»Ihr denkt also alle, dass ich unfähig bin.«

»Von uns denkt das keiner, aber Rutherford ...«

»Schon klar!« Er trat verächtlich gegen seine Reisetasche.

»Komm, so war das doch gar nicht gemeint.« Laura stand auf und legte beschwichtigend die Hand auf seine Schulter.

Jeff schnaubte verächtlich und stieß Lauras Hand weg. »Wenn der *Professor* das für richtig hält, bitte! Viel Spaß bei eurem Einsatz.«

Laura sah ihn traurig an. »Ich gehe jetzt wohl besser.«

»Okay«, sagte Jeff tonlos.

Laura ging zur Tür. Dort drehte sie sich noch einmal um und sah ihn an. Jeff schwieg und starrte den Boden an.

»Gute Nacht«, sagte Laura.

»Schlaf gut«, antwortete er, ohne aufzusehen. Er hörte, wie Laura die Tür hinter sich schloss und sich ihre Schritte entfernten.

5

Rutherford parkte seinen grauen Mercedes am Waldrand, sodass man ihn von der Straße aus nicht sehen konnte. Er, Crane und Andy stiegen aus. Laura und Rebecca, die ihnen in Lauras Wagen gefolgt waren, kamen ihnen entgegen.

»Wir können nicht vorsichtig genug sein«, erklärte Rutherford. Sein Atem bildete in der Kälte kleine Dampfwolken. »Lieber laufen wir ein Stück weiter, als dass uns jemand sieht.«

Die Sorge schien jedoch unbegründet. Bereits auf dem Weg hierher waren sie nur wenigen Autos begegnet. Offenbar wagte sich bei dem Schneegestöber niemand nach draußen. Auch Andy hätte sich jetzt viel lieber mit einem Buch in seinem Bett vergraben …

Doch das schlechte Wetter war im Grunde hilfreich: Der Schnee würde ihre Spuren innerhalb weniger Stunden verwischt haben. Am späten Nachmittag hatten sie sich in Rutherfords Büro getroffen, um nochmals alles zu besprechen. Kurz nach Einbruch der Dunkelheit waren sie dann losgefahren. Die Aktion musste heimlich geschehen, die Polizei wusste davon nichts. Um diese Zeit würden die Nachbarn hoffentlich vor dem Fernsehapparat sitzen, und wenn jemand etwas bemerken sollte, dann würde man sie in der Dunkelheit wenigstens nicht gleich erkennen.

Crane holte zwei Halogentaschenlampen aus dem Kofferraum, bevor sie losstapften. Sie kamen nur mühsam voran. Andys Stiefel sanken knirschend in den Schnee. Niemand sagte ein Wort, als sie sich im Schutz der Bäume zu Fletchers Haus hin bewegten, das in gut zweihundert Metern Entfernung lag.

Obwohl er zwei Pullover und eine dicke Jacke angezogen hatte, fror Andy. Die klirrende Kälte drang durch den Reißverschluss seiner Jacke. Er zog seine Kapuze tiefer in die Stirn und vergrub seine Hände in den Taschen.

Andy hatte ein mulmiges Gefühl bei dem, was sie erwartete. Seit den Ereignissen vor einigen Monaten hatte er gehofft, erst mal nichts mehr mit Verbrechen zu tun haben zu müssen. Doch die Besprechung vorgestern Nachmittag hatte Erinnerungen geweckt, die Andy am liebsten aus seinem Gedächtnis gestrichen hätte. Er war nervös und hatte sich im Unterricht kaum konzentrieren können. Der Gedanke daran, schon wieder in einen Mordfall hineingezogen zu werden, erfüllte ihn mit Unbehagen. Sicher, das Ziel ihrer Ausbildung am IPP war ein möglicher Einsatz bei der Aufklärung von Kriminalfällen, aber Andy fühlte sich jetzt noch nicht bereit dafür. Und dass Jeff ausgeschlossen war, fand er unfair. Rutherfords Begründung kam ihm fadenscheinig vor. Womöglich konnte er Jeff einfach nicht leiden …

Andy wünschte sich zurück nach Spring Creek. Er erinnerte sich daran, wie sie alle im Wohnzimmer gesessen und Weihnachtslieder gesungen hatten. Der Vorfall letztes Jahr hatte die Familie zusammengeschweißt. Sogar Andys älterer Bruder Steve hatte diesmal die Feiertage mit ihnen verbracht. Ihre kleine Schwester Linda hatte mit ihren blonden Locken und roten Wangen wie ein Engel ausgesehen. Das Zimmer hatte nach Zimt und Tannennadeln geduftet … All das kam ihm jetzt so weit weg vor, obwohl es noch keine zwei Wochen her war.

Vor ihnen ragte Fletchers Villa wie ein riesiger Fels in der Dunkelheit empor. Das metallene Gartentor quietschte in den Angeln, als Crane es öffnete. Die Polizei hatte die Haustür versiegelt.

»Kein Zutritt ohne amtliche Genehmigung«, murmelte Rebecca ehrfürchtig.

»Kein Problem, ich habe von Henrys Schwester den Schlüssel für den Hintereingang besorgt. Heimlich ausgeliehen sozusagen«, sagte Crane.

Sämtliche Rollläden waren heruntergelassen. Sie gingen über die Terrasse zum Hintereingang. Crane steckte den Schlüssel ins Schloss. Die Tür schwang lautlos auf. Ein dumpfer Geruch nach feuchtem Holz und abgestandener Luft schlug ihnen entgegen.

Andy hielt den Atem an. Von dem verlassenen Haus ging eine eisige, fast gefährlich scheinende Stille aus.

Crane schloss die Tür hinter ihnen und betätigte den Lichtschalter, aber wie erwartet war der Strom abgestellt worden. Rutherford schaltete seine Taschenlampe ein, und sie zogen schweigend ihre nassen Schuhe aus, um keine Spuren zu hinterlassen. Dann ging Dr. Crane mit der Taschenlampe in der Hand voran. Als eine Holzdiele unter seinen Füßen knarrte, fuhren alle erschrocken zusammen.

»Nur keine Panik«, sagte Crane beruhigend. »Außer uns ist keiner im Haus.«

»Verdammt kalt hier drin.« Laura zog fröstelnd die Schultern hoch.

»Rebecca, Laura, wir sehen uns am besten gleich das Labor an«, sagte Rutherford. »Christopher zeigt Andy inzwischen Sams Zimmer. Wir dürfen keine Zeit verlieren. In einer halben Stunde müssen wir hier wieder weg sein.«

Rebecca sah aus, als würde sie am liebsten gleich wieder gehen. Sie suchte Andys Blick, aber er schaute an ihr vorbei. Dass Rebecca mit Phil zusammen war, ärgerte ihn, ohne dass er hätte sagen können, warum. Es war ihr gutes Recht, mit Phil befreundet zu sein, und seine Eifersucht war einfach nur lächerlich. Schließlich hatte er kein Monopol auf Rebecca. Trotzdem hatten sie nach den Weihnachtsferien kaum miteinander gesprochen und nie unter vier Augen.

»Komm, Andrew.« Crane riss ihn aus seinen Gedanken.

Wie abgesprochen ging der Professor mit den beiden Mädchen in den Keller, in dem sich Fletchers Labor befand, während Andy Dr. Crane zu Sams Zimmer folgte. Seine Füße fühlten sich an wie Eisklumpen, als sie die kalten Steinstufen hinaufstiegen. Er hätte dickere Socken anziehen sollen, aber so weit hatte er nicht gedacht.

Der Kegel der Taschenlampe erhellte den langen Gang, der vor ihnen lag. Ein abgewetzter Läufer dämpfte ihre Schritte. Dann blieb Dr. Crane stehen. Andy hörte, wie er atmete.

Er ist auch aufgeregt, dachte Andy verwundert. Gab es dafür einen besonderen Grund? Er war es doch, der nervös sein sollte. Schließlich wusste er nicht, ob es klappen würde, sich mit Sams Gedanken zu verbinden.

Crane drehte den Türknauf, und sie traten in das Zimmer. Hier war der muffige Geruch noch stärker, es stank beinahe faulig. Obwohl es ein großes Zimmer war, fühlte Andy sich beengt. Am liebsten hätte er die Rollläden hochgezogen und die Fenster weit geöffnet – trotz der Kälte und des Schneetreibens draußen. Der Gestank kam ihm unerträglich vor.

Der Schein der Taschenlampe glitt über die Wände, zeigte Poster von Baseballspielern, einen Schreibtisch, ein schmales Bett, ein großes Bücherregal. Die alphabetisch geordneten

Bücher waren der einzige Hinweis darauf, wie aufgeräumt dieses Zimmer gewesen sein musste, bevor die Polizei es auf den Kopf gestellt hatte. Die Schubladen waren herausgezogen und nicht ordentlich zurückgeschoben worden, und auch eine Schranktür stand noch halb offen. Eine dünne Staubschicht bedeckte die Fensterbänke.

Jetzt entdeckten Andy und Dr. Crane auch die Quelle des Gestanks: Auf einer Kommode stand ein halb leeres Aquarium, das voller Algen war. Andy sah tote Fische an der Oberfläche schwimmen.

»Großer Gott«, murmelte Crane entsetzt. »Wenn Sam das sehen könnte. Ihm war Ordnung doch so wichtig …«

Andy sah ihn an. Er wünschte sich, diesen unbehaglichen Ort so schnell wie möglich zu verlassen. »Und ... was soll ich jetzt tun?«

»Schau dich in Ruhe um und versuche dir ein Bild von Sam zu machen. Lass die Eindrücke auf dich wirken, möglichst unverkrampft. Ich weiß, es ist schwierig, und niemand garantiert uns, dass es auf diese Weise klappen wird, aber wir dürfen nichts unversucht lassen.«

Andy blickte sich unschlüssig um.

»Wenn du Ruhe brauchst«, sagte Dr. Crane, »kann ich auch draußen warten.«

»Okay«, erwiderte Andy sofort. »Dann kann ich mich besser konzentrieren.«

»Kein Problem. Ruf einfach, wenn du mich brauchst.« Er reichte Andy eine Taschenlampe und verließ das Zimmer.

Andy ließ den Lichtkegel durch das Zimmer wandern. Er kam sich vor wie in einem dieser Horrorspiele, mit denen sich Steve ständig beschäftigte. Er befand sich in einem Haus, in dem ein Mord geschehen war, und in diesem Zimmer schwamm ein Dutzend toter Fische. Bizarr! Jetzt fehlten nur noch die gruselige Musik und die Zombies, die aus dem Schrank kamen. Andy hasste Horrorspiele, weil sie ihm Albträume verursachten.

»Verdammt, nimm dich zusammen!«, sagte er leise zu sich selbst. Es ging hier nicht um Computerspiele, sondern um das wirkliche Leben. Um einen Mord und darum, zu beweisen, dass Sam nichts damit zu tun hatte.

Wenn nur dieser schreckliche Gestank nicht wäre! Andy musste beinahe würgen, als er in die Nähe des Aquariums kam. Er zog seinen Schal vors Gesicht und versuchte, durch den Mund zu atmen. Auf dem Schreibtisch standen zwei Fotos. Eines zeigte Sam als Kind mit seinen Eltern. Während Sam und Henry in die Kamera schauten, wirkte Doris seltsam apathisch: Ihr Blick war gesenkt, und die Nähe zu ihrem Sohn schien ihr unangenehm, fast so, als betrachte sie ihn als einen Fremdkörper.

Sie konnte Sam nicht lieben. Das zweite Foto war höchstens ein paar Jahre alt und zeigte Sam und Henry im Stadion bei einem Baseballspiel. Sam lachte, und Henry hatte den Arm um seinen Sohn gelegt.

Henry war seine einzige Bezugsperson.

Andy empfand immer größeres Mitleid mit Sam. Er hatte es in seinem Leben bestimmt nicht leicht gehabt. Und jetzt stand er auch noch unter Mordverdacht … Andy ging zum Bücherregal und ließ den Blick über die Titel schweifen: mehrere Handbücher über Aquaristik, Bildbände über Baseball sowie ein zehnbändiges Lexikon. Die übrigen Fächer waren gefüllt mit Klassikern der Weltliteratur. Balzac, Hemingway, Kafka, Sartre, Tolstoi ... Hatte Sam etwa all diese Bücher gelesen? Andy war beeindruckt. Bei den Büchern hier handelte es sich um hochwertige und teils schwer erhältliche Ausgaben. Andy nahm ein in schwarzes Leder gebundenes Buch aus dem Regal. *Edgar Allan Poe. Gesammelte Werke* stand in goldenen Lettern auf dem Buchdeckel. Es war nicht staubig, also musste Sam es vor Kurzem noch benutzt haben. Vorsichtig schlug Andy das Buch auf.

Annabel Lee. Der Rabe. Lebendig begraben.

Andy mochte Poes Werke und die düstere Stimmung, die sie heraufbeschworen. Ob sie Sam genauso fasziniert hatten? Er blätterte weiter. *Das verräterische Herz.* Andy hielt inne. Über diese Kurzgeschichte hatte er im letzten Schuljahr ein Englischreferat gehalten. Der Protagonist war ein Wahnsinniger, der erzählte, wie er einen alten Mann umgebracht hatte ... Andy stellte das Buch zurück ins Regal.

Und was, wenn Sam seinen Vater doch umgebracht hatte?

Andy hatte irgendwo gelesen, dass Poe in dieser Geschichte den Hass auf seinen Ziehvater verarbeitet hatte.

Unsinn. Seine Fantasie ging mit ihm durch. Sam war ja kein Verrückter ...

Plötzlich spürte Andy einen heftigen Schmerz in seinem Kopf. Er war so stechend, dass er aufstöhnte und die Taschenlampe fallen ließ. Sie flackerte und ging aus. Doch Andy sah gleißendes Licht. Eine lange Neonröhre. Von Weitem hörte er das aufgeregte Bellen eines Hundes.

Umgestürzte Käfige. Ein heilloses Durcheinander. Weiße Mäuse, die über einen toten Körper krochen.

Und dann Rot ... alles war rot. Blut, das sein komplettes Blickfeld ausfüllte. Ihm wurde übel. Sein Herz raste. Gleich würde er ohnmächtig werden. Blind tastete er nach dem Regal und hielt sich daran fest.

»Dr. Crane«, flüsterte er.

6

Hast du Angst?

Rebecca sah sich hastig um. Jennifer ging hinter ihr her und lächelte sie an. Im Halbdunkel wirkte sie fast so lebendig wie Laura und Rutherford. Rebecca wunderte sich, dass Jennifer so unterschiedliche Erscheinungsformen annehmen konnte. Manchmal war sie nur ein Hauch, durchscheinend und fast ohne Substanz. An anderen Tagen wiederum sah Jennifer genauso aus wie normale Menschen – mit dem Unterschied, dass nur Rebecca sie wahrnehmen konnte. Rebecca hätte Jenny gerne gefragt, warum das so war. Lag es an Jennifers Laune? Oder hing es mit unterschiedlichen Energiezuständen zusammen, die wechseln konnten wie das Wetter? Oder benötigte Jennifer für bestimmte Erscheinungsformen sogar eine Art »Erlaubnis«, von wem auch immer?

Ich bin der Spiegel deiner Gedanken.

Rebecca runzelte die Stirn. Im Augenblick hatte sie keinen Sinn für derart anstrengende Überlegungen.

»Du meinst, es liegt an mir, wie ich dich sehe?«, fragte Rebecca zurück, ohne ein Wort laut zu sagen.

Meistens.

»Das ist mir zu hoch.«

Es ist auch ziemlich kompliziert.

»Warum bist du hier, Jenny? Ausgerechnet jetzt?«

Ich bin neugierig. Ich will sehen, wo Fletcher umgebracht worden ist.

Jennifers Stimme klang glockenhell, sodass Rebecca schon

befürchtete, Laura und Rutherford würden die Unterhaltung mitbekommen. Doch Jennifers Stimme war nur in ihrem Kopf.

»Das interessiert dich?«, fragte Rebecca. »Was weißt du über den Mord an Fletcher?«

Nicht mehr als du.

»Kannst du uns helfen?«

Rebeccas letzte Frage blieb ohne Antwort. Sie waren im Labor angekommen.

»Zu dumm, dass der Strom abgeschaltet worden ist.« Rutherford ließ den Schein der Taschenlampe über die Einrichtung gleiten.

Rebecca erkannte auf dem Fußboden die mit Kreide gezeichneten Umrisse. Dort hatte Flechter gelegen. Der dunkle Fleck war das geronnene Blut, das wohl erst entfernt werden durfte, wenn die Polizei das Haus freigegeben hatte.

Laura sah blass aus und umklammerte mit beiden Armen ihren Oberkörper. Sie schien zu frieren, während sie sich nervös umschaute. Auf den Regalen standen etliche Käfige. Die Türen waren geöffnet, die Drahtgitter zum Teil verbeult, das Regal übersät mit Sägespänen und Futterresten. Da hatte jemand ganze Arbeit geleistet. Der reinste Vandalismus.

»Fletchers Computer ist ebenfalls zerstört worden«, teilte Rutherford den beiden Mädchen mit. »Der Täter hat wie wild auf ihn eingeschlagen – wahrscheinlich ebenfalls mit dem Baseballschläger. Die Polizei hat das Gerät mitgenommen, um herauszufinden, ob der Computer vor oder nach dem Mord zerstört worden ist. Außerdem versucht man, die Daten zu retten. Vielleicht gibt es einen Hinweis auf das Motiv.« Er räusperte sich. »Auf alle Fälle hat es in diesem Raum vor Fletchers Tod eine sehr heftige Auseinandersetzung gegeben. Und es ist anzunehmen, dass derjenige, mit dem er gestritten hat, auch sein Mörder war.«

»Eine Handlung im Affekt«, murmelte Laura und fröstelte wieder. »Woran hat Fletcher eigentlich gearbeitet?«

»Dr. Crane vermutet, dass er mit der Entwicklung eines neuen Medikaments beschäftigt war.«

Rebecca blickte auf die leeren Käfige. »Vielleicht war es jemand, der etwas gegen Tierversuche hat.«

»Hm«, brummte Rutherford. »Ein fanatischer Tierschützer. Das könnte natürlich auch sein. Aber er hätte die Tiere ja nur zu befreien brauchen.«

»Vielleicht hat Fletcher ihn dabei überrascht«, meinte Laura. Sie stellte sich auf die Zehenspitzen. »Was war in den Käfigen?«

»Mäuse. Ratten«, antwortete Rutherford. »Nehme ich jedenfalls an. Ich weiß es nicht genau.«

Laura verzog das Gesicht. »Und wo sind die jetzt?«

Als Antwort kam eine kleine weiße Maus unter einem Schrank hervor, rannte blitzschnell zur anderen Seite und verschwand in einer Ritze.

Laura schrie und krallte sich an Rebeccas Arm fest.

»Sorry.« Sie atmete tief und lachte nervös. »Ich hab mich total erschreckt.«

»Schon okay«, sagte Rebecca, während Jennifer neben ihr breit grinste.

Deine coole Laura fürchtet sich vor einer winzigen Maus!

Rebecca ärgerte sich. Jennifer war mal wieder richtig gemein. Laura war in der letzten Zeit schlecht drauf. Seit den Weihnachtsferien, genau genommen. Rebecca fragte sich, ob die Erfahrung, die Laura während der OBE gemacht hatte, der einzige Grund war. Sie hatte eher das Gefühl, dass es zwischen Laura und Jeff kriselte, obwohl Laura bisher kein Wort darüber gesagt hatte.

»Könnte es sein, dass der oder die Täter Sam entführt haben?«, sagte Rebecca.

»Das ist möglich«, meinte Rutherford. »Vielleicht hat er den Mörder erkannt, und dieser hat befürchtet, dass Sam ihn an die Polizei verrät.«

»Könnte er das denn?«, fragte Laura skeptisch. »Als Autist? Würde Sam die Polizei anrufen und erzählen, was er gesehen hat?«

»Eher unwahrscheinlich«, sagte Rutherford. »Die Situation hätte Sam vermutlich überfordert. Ich glaube nicht, dass er von sich aus die Polizei gerufen hätte. Aber eine Psychologin könnte durch geschicktes Fragen vielleicht herausfinden, was er gesehen hat, und eine Täterbeschreibung bekommen.«

»Vielleicht wusste der Täter nicht, dass Sam Autist ist«, überlegte Rebecca laut.

»Das ist eine der vielen Optionen.« Rutherford nickte.

Klingt ja ganz schön kompliziert. Jennifer lehnte an der Wand. Sie hatte den Ausführungen interessiert zugehört. Rebecca fragte sich, warum sie das tat. Gab es *in ihrer Welt* denn nichts Wichtigeres? Oder versuchte sie, Rebecca zu unterstützen – aus alter Freundschaft?

»Hast du Henry Fletcher getroffen?«

Erst als Rebecca merkte, dass Rutherford und Laura sie anstarrten, wurde ihr bewusst, dass sie die Frage laut ausgesprochen hatte. Sie wurde rot.

»Jennifer«, beeilte sie sich zu sagen, »sie ist gerade da.«

»Hier in diesem Raum?«, fragte Rutherford.

Rebecca nickte. »Sie steht neben mir, links.«

Laura und Rutherford fixierten mit sichtlicher Neugier die Stelle, die sie beschrieben hatte. Rutherford rückte sogar seine Brille zurecht.

Wie sie mich angaffen, als wäre ich ein Tier im Zoo. Jennifer klang amüsiert. *Aber sosehr sie sich auch bemühen – sie werden mich nicht sehen können. Dazu fehlt ihnen das Talent.*

»Sie werden sie nicht wahrnehmen können, Prof. Rutherford«, sagte Rebecca. »Aber sie ist trotzdem gerade da.«

Wäre Crane im Raum gewesen, hätte er es sicher bedauert, dass Rebecca keine Elektroden auf dem Kopf hatte. Noch immer hatte er nicht nachweisen können, ob sich irgendetwas in ihrem Gehirn veränderte, wenn sie mit Jennifer sprach. Jennifer hatte sich den Tests jedes Mal entzogen.

»Kannst du sie fragen, ob sie etwas über Henry Fletcher weiß?«, bat Rutherford.

»Sie können direkt mit ihr reden, Jennifer hört jedes Wort«, sagte Rebecca.

Rutherford befeuchtete seine Lippen. »Hallo, Jennifer! Schön, dass wir uns auf diese Weise einmal kennenlernen. Ich habe schon viel von dir gehört.«

Brich dir bloß keinen ab, Alter!, war Jennifers respektloser Kommentar. *Dein Gewäsch kannst du dir sparen. Und von Kennenlernen kann keine Rede sein. Du siehst mich nicht, du spürst mich nicht. Und ich kenne dich schon lange und weiß, dass du gerade Riesenzoff mit deiner Frau hast, weil sie wissen will, was sich hinter dem IPP verbirgt.* Eine Schule für besondere Begabungen – *das nimmt sie dir schon lange nicht mehr ab. Du bist auf dem besten Wege, ein Magengeschwür zu bekommen.*

»Was sagt sie?«, fragte Rutherford.

Rebecca schüttelte den Kopf. Ihre Wangen glühten trotz der Kälte. »Das kann ich nicht wiederholen.«

Laura grinste. Sie wusste, dass Jennifer einen eigenen Kopf hatte.

Jetzt schämst du dich meinetwegen, sagte Jennifer.

»Hör auf«, teilte Rebecca ihr in Gedanken mit. »Rutherford ist in Ordnung. Er will nur wissen, ob du uns im Fall Fletcher unterstützt.«

Ich kann nichts versprechen. Du weißt, dass viele Menschen ihren Tod nicht akzeptieren. Besonders diejenigen, die plötzlich und durch Gewalt im Jenseits landen. Sie sind völlig orientierungslos und alles andere als kommunikativ.

»Vielleicht kannst du es trotzdem versuchen.« Rebecca ließ nicht locker.

Das sagst du so leicht. Viele wollen nicht an die Umstände ihres Todes erinnert werden. Oder sie können es nicht, weil sie davon traumatisiert sind. Du kannst dich ja auch nicht daran erinnern, wie du geboren worden bist.

»Und warum wusstest du dann, dass du vom Pferd gestürzt bist und dir das Genick gebrochen hast?«

Bei mir war es anders. Ich wollte zu dir zurückkehren, um jeden Preis. Schließlich waren wir allerbeste Freundinnen und zu jener Zeit so gut wie jeden Tag zusammen. Du hattest ein Recht darauf, zu erfahren, was passiert war – und du solltest es nicht von irgendjemandem erfahren. Ich wollte nicht, dass du erschrickst oder traurig bist.

Rebecca musste schlucken, als sie an früher dachte. Die Ausritte und wie die Sonne dabei auf ihre Haut gebrannt hatte. Das Schnauben der Pferde und das Trommeln der Hufe auf dem Boden. Wie gemütlich es immer zu Hause bei Jenny gewesen war …

Der Kloß in Rebeccas Kehle wurde immer größer.

»Denk an Sam«, bat sie Jenny in Gedanken. »Er hatte nur noch seinen Vater. Und jetzt steht er unter Mordverdacht. Er braucht unsere Hilfe, Jenny …«

Und wer garantiert euch, dass Sam seinen Vater nicht doch getötet hat? Die meisten Morde geschehen innerhalb der Familie …

»Bitte, Jenny, hilf uns. Wenn du etwas von Henry Fletcher hörst, dann sag uns Bescheid. Mehr verlange ich ja gar nicht von dir.«

Okay, okay, ich schau mal, was sich machen lässt. Früher warst du nie so ehrgeizig … Aber ich versteh schon, dass es für dich eine Ehre ist, zum Spitzenteam des IPP *zu zählen!* Jennifer lachte hämisch.

»So ist es nicht«, regte sich Rebecca auf, und diesmal redete sie laut, ohne es zu merken. »Es geht um Sam …«

Jennifer zuckte ungerührt die Achseln. Dann verblasste ihr Körper. Sie verschwand, und Rebecca starrte nur noch auf einen weißen Wandschrank.

7

»Wir haben doch gar keinen Schokoladenkuchen bestellt«, wunderte sich Andy, als plötzlich zwei Teller mit Kuchenstücken auf den Tisch gestellt wurden.

Bill zwinkerte ihm zu. »Geht aufs Haus. Ihr könnt beide ein paar Kalorien vertragen, vor allem du, Andy.«

»Danke, das ist total nett! Ich liebe Schokokuchen«, sagte Rebecca. Der Kuchen sah sehr lecker aus.

»Gern geschehen.« Bill lächelte.

Der Papagei auf seiner Schulter tänzelte hin und her und beäugte die beiden Gäste. Rebeccas rote Strickjacke schien ihn zu faszinieren. Er legte den Kopf schief. »Heute Abend schon was vor, Blondie?«, fragte er und pfiff anzüglich.

Andy und Rebecca lachten.

»Ich frage mich immer, ob Manolo sich die Sprüche von meinen Gästen merkt oder ob er einfach nur zu viel fernsieht.« Bills Grinsen wurde noch breiter.

»Vielleicht hat er sein Singleleben satt«, sagte Rebecca. »Du solltest ihm ein Weibchen kaufen.«

»Ach was, Manolo und ich sind glückliche Junggesellen. Stimmt's, Manolo?«

»Na logo, Chef!«, kam es prompt aus Manolos Schnabel. Der Papagei plusterte sich wichtigtuerisch auf.

Rebecca kicherte, und auch Andy musste lächeln. Kurz darauf wurde er wieder ernst. Rebecca wollte endlich wissen, was ihn bedrückte.

»Sag mal, ist alles okay?«, fragte sie vorsichtig, nachdem

Bill in der Küche des Restaurants verschwunden war. »Hast du immer noch Kopfweh?«

»Nein, ist wieder weg.«

»Oder macht dir die Sache von gestern zu schaffen? Ich meine, deine ... Vision?«

Andy schob sich nachdenklich eine Gabel Kuchen in den Mund.

»Na ja ... natürlich war es schockierend, vor allem, weil die Bilder so real waren. Aber Dr. Crane sieht es als Erfolg. Es zeigt, dass ich eine mentale Verbindung zu Sam aufbauen konnte, wenn auch nur kurz.«

Rebecca trank einen Schluck Tee. »Aber darüber kannst du dich doch freuen. Warum bist du so traurig?«

»Ach, Rebecca ...« Andy legte die Gabel hin und sah sie endlich direkt an. »Ich weiß nicht recht ... Es ist nur ... äh ... ich finde es schade, dass wir uns neuerdings so selten sehen.« Er räusperte sich. »Natürlich kann ich verstehen, dass Phil für dich jetzt wichtiger ist als ich und du deine Zeit lieber mit ihm verbringst.«

Rebecca stellte die Tasse zurück auf den Tisch. Der Tee schwappte beinahe über.

»Das stimmt doch gar nicht!« Sie hatte geahnt, dass Andys Stimmung etwas mit Phil zu tun hatte. Sie hatte schon ein schlechtes Gewissen, weil sie im Flugzeug so wenig mit Andy geredet hatte. Aber damals waren ihre Gedanken nur bei Phil gewesen und sie hätte am liebsten die ganze Zeit nur über ihn gesprochen. Doch Andy war schon nach den ersten Sätzen ziemlich genervt gewesen, und da hatte sie lieber so getan, als würde sie sich in ein Buch vertiefen, um sich in Ruhe an alle Begegnungen mit Phil zu erinnern. In den Ferien hatte sie mehrmals versucht, bei Andy zu Hause anzurufen, aber es war meistens besetzt gewesen. Einmal war Steve dran gewesen und hatte gesagt, er würde seinem Bruder ausrichten, dass sie angerufen hatte, aber Rebecca bezweifelte, dass er es auch tatsächlich getan hatte.

Andy blickte auf seinen Teller und stocherte in dem Kuchenstück herum.

»Na ja, ich meine ... Phil ist mein erster Freund, und es ist doch klar, dass wir uns so oft wie möglich sehen wollen.« Rebecca merkte, wie sie rot wurde, und ärgerte sich darüber. Das musste sie sich endlich abgewöhnen.

»Aber das bedeutet doch nicht, dass ich jetzt gar keine Zeit mehr für dich habe«, fuhr sie fort. »Du bist schließlich mein bester Freund, und daran wird sich auch nichts ändern.« Sie sah ihm in die Augen. »Und du kannst immer zu mir kommen, wenn dich irgendwas belastet und du mit jemandem reden willst.«

»Danke.« Andy wirkte jetzt etwas entspannter. Er lächelte sie dankbar an und drückte ihre Hand. Dann zog er unvermittelt seinen Arm zurück. Als Rebecca sich umdrehte, sah sie Laura und Jeff, die auf sie zukamen.

»Hi, dürfen wir uns zu euch setzen?«, begrüßte Jeff sie.

»Klar.« Andy rutschte zur Seite, um Platz zu machen. Rebecca musterte Laura. Sie trug eine löchrige Jeans, war ungeschminkt und hatte dunkle Ränder unter den Augen. Rebecca runzelte die Stirn. Laura legte doch sonst so viel Wert auf Styling. Irgendetwas stimmte da nicht ...

Sie redeten über die Schule, die Geschichtsklausur und die Tests, die Jasper für nächste Woche angekündigt hatte. Als der gestrige Besuch in Fletchers Haus zur Sprache kam, sagte Jeff keinen Ton mehr.

Rebecca und Laura sahen sich an. Laura hatte ihr von dem

Streit mit Jeff erzählt und dass er sich inzwischen entschuldigt hatte.

Rebecca konnte gut verstehen, dass Jeff sauer war, weil Rutherford ihn nicht dabeihaben wollte. Aber jetzt verhielt sich Jeff so, als würde er immer noch Laura die Schuld dafür geben. Laura war nervös und hatte schon dreimal ihr Handy herausgezogen und auf das Display geschaut.

Rebecca kam zu dem Schluss, dass die beiden noch immer Stress miteinander hatten und dass etwas anderes dahinterstecken musste als Rutherfords Endscheidung. Außerdem war ihr aufgefallen, dass Laura im Unterricht ständig heimlich SMS schrieb. Gestern Nachmittag hatte Rebecca sie dabei erwischt, wie sie im Badezimmer telefoniert hatte. Laura hatte ihr nicht verraten wollen, mit wem sie gesprochen hatte. Ob Laura einen neuen Verehrer hatte?

Rebeccas Blick wanderte zu Jeff, der mit finsterer Miene nach seinem Glas griff. Er tat ihr leid. Die beiden waren doch so glücklich zusammen gewesen. Sie nahm sich vor, Laura direkt auf die Sache anzusprechen, sobald sich die Gelegenheit bot.

8

Als der Schatten nach ihr greifen wollte, schreckte Laura hoch. Sie war schweißgebadet. Das Herz schlug ihr bis zum Hals. Dann wurde ihr bewusst, dass das schreckliche Erlebnis nur ein Traum gewesen war.

Sie hatte wieder den Schatten gesehen, sein unheimliches Wispern gehört. Diesmal hatte die Gestalt sie berührt, und das Gefühl dabei war so eisig, so furchtbar gewesen, dass sie immer noch zitterte.

Der Wecker zeigte drei Uhr früh. Laura stöhnte. Sie würde jetzt bestimmt nicht mehr einschlafen können.

Durch das hohe Fenster schien der Vollmond ins Zimmer. Es hatte aufgehört zu schneien, aber die zentimeterdicke Schneedecke reflektierte das Mondlicht, sodass es beinahe taghell war. Laura nahm eine Zeitschrift vom Nachttisch. Aber schon nach wenigen Seiten merkte sie, dass sie sich nicht darauf konzentrieren konnte. Sie knallte sie ärgerlich zurück und suchte nach ihrem Kopfhörer, der irgendwo unterm Bett lag. Musik half immer. Gerade als sie ihn an den CD-Player anschließen wollte, setzte sich Rebecca im gegenüberliegenden Bett auf.

»Was ist denn los?«, murmelte sie schlaftrunken.

»Nichts, schlaf weiter«, sagte Laura gereizt.

»Warum bist du wach?«

»Kann nicht schlafen, das ist alles.«

»Also – mir reicht's jetzt«, sagte Rebecca und schwang die Beine über die Bettkante.

»Seit Tagen schläfst du kaum, redest nur widerwillig mit mir, schreibst ständig irgendwelche SMS und willst nicht sagen, an wen! Ich hab deine Heimlichtuerei langsam satt! Ich dachte, wir sind befreundet!«

Laura antwortete nicht, sondern versuchte noch immer, das Kopfhörerkabel in die Buchse zu stecken.

»Und du hast sogar wieder mit dem Rauchen angefangen«, fügte Rebecca vorwurfsvoll hinzu. »Du wirst echt krank, wenn du so weitermachst. Schau dich doch mal im Spiegel an! Du siehst schrecklich aus.«

Das saß. Frustriert verstaute Laura den Kopfhörer in ihrer Nachttischschublade. Rebecca hatte recht, sie war das reinste Nervenbündel. Die Albträume mit dem namenlosen Schatten machten sie fertig. Noch dazu ertappte sie sich ständig dabei, wie sie an Mark dachte. Jedes Mal, wenn er eine Nachricht schickte, machte ihr Herz einen Hüpfer. Bei ihrem Telefonat gestern hatte Mark sie regelrecht angefleht, ihm noch eine Chance zu geben. Er wollte sie unbedingt treffen, und Laura war drauf und dran, zuzusagen. Aber was war dann mit Jeff?

»Wenn du nicht mit mir reden willst, versuch wenigstens zu schlafen.« Rebeccas Stimme klang beleidigt.

Laura holte tief Luft. »Okay, ich werde versuchen, dir alles zu erklären. Wahrscheinlich hältst du mich für völlig bescheuert.«

Rebecca zog die Decke über ihre Schultern und sah Laura aufmerksam an.

»Ich habe dir doch von diesem ... Wesen erzählt, dass mich Neujahr während einer OBE verfolgt hat. Ich habe heute früh mit Dr. Morgenstern darüber gesprochen und ihr erzählt, dass ich das Gefühl habe, dass ein feindlicher Geist versucht hat, Besitz von meinem Körper zu ergreifen. Sie hält es für ziemlich unwahrscheinlich, hat aber auch keine guten Argumente, die dagegen sprechen. Sie hat mich eine ganze Weile ausgequetscht und wollte unbedingt wissen, ob ich im Moment emotional stark belastet bin.«

»Und was hast du gesagt?«

»Ach, ich konnte ihr gar nichts erzählen.« Lauras Stimme fing an zu zittern. »Dabei hab ich riesengroßen Mist gebaut.«

Rebecca stand auf, setzte sich neben Laura aufs Bett und legte den Arm um sie. »Am besten erzählst du mir alles … der Reihe nach.«

»Vor dieser OBE ... ist mir etwas passiert, das mich total aus der Bahn geworfen hat.« Laura konnte die Tränen nicht mehr zurückhalten.

Rebecca reichte ihr ein Taschentuch und hörte zu, wie Laura stockend von dem Konzert berichtete und wie sie Mark danach auf der Party wiedergetroffen hatte.

»Und dann hat er gesagt, dass er nur mich liebt. Wörtlich. Dass ich die Einzige für ihn bin.«

»Du hast ihm hoffentlich sofort klargemacht, dass es dafür inzwischen zu spät ist«, sagte Rebecca.

Laura biss sich auf die Lippe und schwieg.

»Du hast es ihm also nicht gesagt«, murmelte Rebecca.

»Nein.« Laura schniefte. »Wir … äh …wir sind uns ziemlich nahe gekommen.« Rebecca sah sie entgeistert an. »Laura! Du hast doch nicht etwa …?«

»Nein, wir haben nur geknutscht. Aber wenn Kim nicht reingeplatzt wäre ...«

»Spinnst du?!«

»Ich kapier es ja selbst nicht, Becky.« Laura schnäuzte sich in das Taschentuch. »Ich habe gemerkt, dass da noch was zwischen uns ist.«

»Bis vor Kurzem hast du mir noch vorgeschwärmt, wie toll Jeff ist!«

»Ja, als ich weit weg war, konnte ich mir einreden, dass Mark mir nichts mehr bedeutet. Aber als ich ihn dann wiedergesehen habe, ist plötzlich alles wieder hochgekommen. Schließlich waren wir über ein Jahr lang zusammen.«

»Ja, bis er dich mit einer anderen betrogen hat.«

Laura schluckte. »Er hat gesagt, dass es ihm leidtut. Und dass er sich geändert hat.«

»Und wie soll es jetzt weitergehen?«, fragte Rebecca. »Was ist mit dir und Jeff?«

Laura vergrub ihr Gesicht in den Händen und brach erneut in Tränen aus. »Ich weiß es nicht. Ich weiß ja selber nicht, was ich will.«

»Du musst mit Jeff reden und ihm sagen, was passiert ist.«

Laura sah hoch. »Kim findet, ich sollte lieber die Klappe halten. Es würde ihn nur verletzen. Er ist doch sowieso ständig eifersüchtig.«

»Offensichtlich hat er jetzt auch allen Grund dazu.«

Laura starrte aus dem Fenster.

»Ich weiß nicht, wie ich mich entscheiden soll«, murmelte sie. »Und ich will Jeff nicht wehtun. Kannst du das nicht verstehen?«

»Ich versuche es ja, aber ich finde dein Verhalten ihm gegenüber unfair. Entweder du liebst ihn, oder du stehst noch immer auf Mark. Aber hinter Jeffs Rücken mit ihm Kontakt zu haben, ist einfach nur mies.« Rebecca zog ihren Arm zurück, der noch immer auf Lauras Rücken gelegen hatte, und rückte ein Stück von ihr ab.

Laura wurde wütend. »Du hast keine Ahnung, was in mir vorgeht. Du brauchst mir nicht noch Vorwürfe zu machen!«

»Zweigleisig zu fahren ist ja wohl das Letzte!«

»Ach ja? Für dich besteht die Welt wohl nur aus Schwarz und Weiß!«, brauste Laura auf. »Aber so einfach ist es nicht! Du hast wohl kaum genügend Erfahrung, was Beziehungen betrifft!«

Rebecca stand wortlos auf und ging zu ihrem Bett. Laura war sofort klar, dass sie sie gekränkt hatte. Rebecca hatte ihr bloß helfen wollen.

»Tut mir leid, Becky. War nicht so gemeint«, murmelte sie zerknirscht.

Rebecca gab keine Antwort, sondern zog wortlos die Decke bis zum Kinn.

»Hast du gehört? Sorry. Ich weiß einfach nicht, was ich tun soll.«

Schweigen.

Na, dann eben nicht.

Laura legte sich auf den Rücken und starrte die Zimmerdecke an, die im Mondlicht bläulich schimmerte.

Niemand konnte ihr helfen, solange sie sich selbst nicht im Klaren über ihre Gefühle war.

9

Eines Tages bringe ich ihn noch um, dachte Andy gereizt, als im Bett gegenüber Carls nervtötendes Schnarchen wieder einsetzte.

Carl hatte sich auf den Rücken gedreht und schlief mit offenem Mund. Obwohl Alkohol im Institut streng verboten war, roch es im ganzen Zimmer nach Bier.

Andy drehte sich zur Seite und zog die Decke über den Kopf. Trotzdem konnte er nicht schlafen. Es lag nicht nur an Carls Schnarchen. In der letzten Zeit bekam Andy viel zu wenig Schlaf. Sobald er im Bett war, war er hellwach, oft die halbe Nacht lang. Die Tabletten, die Carl ihm immer wieder anbot, lehnte er ab. Er hatte damit schon einmal schlechte Erfahrungen gemacht und legte keinen Wert darauf, das Erlebnis zu wiederholen.

Andy blieb auf dem Rücken liegen, legte die Hände auf sein Solarplexus und versuchte, in den Bauch zu atmen. Das war eine der vielen Entspannungstechniken, die er in den vergangenen Nächten ausprobiert hatte. Er konzentrierte sich auf seinen Atem. Nach und nach fühlte er sich besser.

Manchmal wünschte er sich Lauras Lockerheit und ihre Fähigkeit, die Dinge so zu nehmen, wie sie kamen. Er war ein Mensch, der ständig grübeln und alles hinterfragen musste. Rebecca war ihm in dieser Hinsicht sehr ähnlich.

Rebecca. Er lächelte im Dunkeln. Sie hatte ihm versichert, dass er nach wie vor ihr bester Freund war. Andy wusste, dass sie jederzeit für ihn da sein würde. So eine Freundschaft war etwas Wunderbares, ein großes Geschenk. Dann musste er an Phil denken, und sofort hatte er ein ungutes Gefühl. Phil passte nicht zu ihr …

Rebecca kann schließlich zusammen sein, mit wem sie will!

Seine Brust verkrampfte sich wieder. Sein Atem hatte den Rhythmus verloren. Und Carls Schnarchen schien immer lauter zu werden …

Verärgert schlug Andy die Decke zurück, schwang die Beine aus dem Bett und trat ans Fenster.

Draußen war es hell. Der Schnee reflektierte das Licht des Vollmonds, obwohl Andy den Mond selbst nicht sehen konnte. Er starrte hinaus in die nächtliche Parklandschaft. Tiere hatten im Schnee ihre Spuren hinterlassen, und gerade hoppelte ein Hase etwas verloren zwischen den Bäumen hindurch. Der Schnee hatte alles eingehüllt.

Auf einmal hatte Andy das Gefühl, taub zu werden. Es war, als hätte jemand Watte in seine Ohren gestopft. Carls Schnarchen war komplett ausgeblendet. Andy wollte sich an den Kopf fassen, aber er konnte seine Hände nicht von der Fensterbank lösen, als seien sie festgewachsen. Sein ganzer Körper hatte sich versteift, er war unfähig, sich zu bewegen. Plötzlich hatte er den Eindruck, an einem anderen Ort zu sein. Es war bitterkalt. Seine Hände waren gefühllos vor Kälte. Sein Hals schmerzte. Und er hatte Hunger.

Wann sie mir wohl Essen bringen? Ich will nach Hause. So viel Schnee. Weiß ist still. Niemand hört mich. Ist überhaupt jemand da? Ich will, dass sie sich um mich kümmern. Ich bin krank. Bitte, Dad, mach was! Wann lassen sie mich hier raus?

Wenn ich durch die Ritzen schaue, kann ich den Schnee sehen. Alles ist weiß. Was für eine große Stille. Der Mond scheint. Ich bin nicht in meinem Zimmer. Wo sind meine Fische?

Was … was ist das?

Geheule. Wölfe?

Nein, Kojoten. Ich weiß, dass es Kojoten sind. Warum schleichen sie ums Haus? Wo bin ich?

Und warum bekomme ich nichts zu essen?

Ich will

HIER

R A U S!

10

Aus Lauras und Rebeccas Zimmer kam laute Musik. Jeff zögerte einen Moment, dann klopfte er an die Tür. Als niemand antwortete, ging er hinein. Laura war allein.

Sie lag auf dem Bauch und las in einer Zeitschrift. Ihr Fuß wippte im Takt der Musik. Wieder einmal wurde ihm bewusst, wie attraktiv sie war. Ihr langes rotes Haar war einfach ein Blickfang. Langsam trat er hinter sie und drehte die Musik leiser, um sie nicht zu erschrecken.

Trotzdem zuckte Laura zusammen. Zwischen ihren Brauen erschien eine Falte. »Kannst du nicht anklopfen?«, fauchte sie ihn an. »Wie lange stehst du schon hinter mir?«

»Ich hab ja geklopft, aber du hast nichts gehört.« Jeff lächelte. »Und ich bin eben erst reingekommen.«

»Sorry.« Laura lächelte jetzt auch. Sie schlug ihr Heft zu und drehte sich zu ihm herum. »Hallo, Schatz.«

Jeff beugte sich hinab, um ihr einen Kuss zu geben.

»Was hörst du denn da?«, fragte er interessiert.

»Ach, hat mir Kim geschickt. Eine Demo-CD von so einer neuen Band aus New York. Kim kennt den Bassisten.«

Jeff drehte den Kopf, um besser sehen zu können, was auf der Hülle stand, die auf der Kommode neben Lauras CD-Player lag.

»Rotten Candy«, las er. »Sagt mir nichts. Scheinen aber gar nicht schlecht zu sein.«

»Na ja, aber auch nichts Besonderes«, sagte Laura achselzuckend. Sie schaltete den Player aus. »Lass uns in den Aufenthaltsraum gehen und fernsehen.«

Jeff wäre jetzt lieber mit ihr allein gewesen, aber er sagte nichts. Sie kam ihm nervös vor, ungeduldig. Wie schon öfter in der letzten Zeit hatte er das Gefühl, dass er nicht zu ihr durchdrang. Er verstand nicht, warum. Hatte er ihr einen Grund geliefert? Wenn ja, weshalb redete sie nicht darüber? Sie spielte ihm gegenüber immer nur die Coole, und ihre Coolness kam ihm manchmal aufgesetzt vor …

Gerade als er sie darauf ansprechen wollte, platzte Rebecca ins Zimmer, völlig außer Atem. Sie musste die Treppen hinaufgerannt sein.

»Oh – tut mir leid!«, keuchte sie und warf Jeff einen flüchtigen Blick zu. »Laura, du musst schnell mitkommen, Rutherford will mit uns reden. Andy hatte wieder eine Vision. Ich habe noch nicht mit ihm gesprochen, aber es scheint ziemlich wichtig zu sein.«

Laura sah unschlüssig von Rebecca zu Jeff. »Es dauert sicher nicht lange«, meinte sie dann entschuldigend.

»Kein Problem, ich halte hier so lange die Stellung.« Jeff versuchte ein Grinsen, setzte sich auf Lauras Bett und schnappte sich eines der herumliegenden Musikmagazine.

Laura schien kurz zu zögern, aber Rebecca zog sie ungeduldig in Richtung Tür. Als die beiden weg waren, blätterte Jeff in der Zeitschrift, fand sie aber nicht sonderlich interessant. Er schaltete den CD-Player wieder an.

»First there was fire,
and then there was ice …«

Die Band war ziemlich gut. Jeff nahm die Hülle in die Hand, um sie sich genauer anzusehen. Als er sie öffnete, fiel ein Zettel heraus.

Nur für dich! Unser erstes Album – so gut wie fertig. Wir haben nächste Woche einen Gig in Syracuse. Ich muss dich unbedingt treffen. Bitte ruf mich so bald wie möglich an. M.

Er war irritiert. War die Nachricht für Kim bestimmt gewesen? Hatte sie nur vergessen, sie herauszunehmen, bevor sie Laura die CD geschickt hatte? Aber Syracuse … Kim wohnte doch in einem Vorort von New York City. Und wer war dieser ominöse *M.*? Jeff drehte die CD-Hülle um. Auf der Rückseite war ein Foto der Band – vier finster aussehende Typen in Lederjacken. Weiter unten waren die Namen aufgelistet.

Chaz Logan – Bass

Mark Callaghan – Gesang, Gitarre …

Jeff stutzte. *M.*

Und plötzlich verstand er. *Mark Callaghan* – Lauras Ex! Jeff wusste nicht viel über ihn, nur dass er in einer Band spielte. Aber das genügte. Die Nachricht war von Mark. Laura hatte ihn belogen! Mark hatte ihr die CD geschickt!

Wütend sprang Jeff auf. Was hatte sie noch vor ihm verheimlicht? Sein Blick fiel auf Lauras Handy, das sie auf dem Nachttisch vergessen hatte. Er nahm es und zögerte kurz. Eigentlich war es nicht richtig, ihre SMS zu lesen. Aber er musste Gewissheit haben.

Bereits die erste SMS war von *M.* Jeff hatte ein mulmiges Gefühl. *Warum antwortest du nicht? Etwa wegen Jeff? Ruf mich an, sobald du kannst. Ich vermisse dich. Mark.*

Das durfte nicht wahr sein! Jeff kam sich vor wie in einem schlechten Film. Die nächste Nachricht stammte vom selben Absender.

Freut mich, dass dir die CD gefällt. Ich hoffe auch, dass es klappt! Ich denke ständig an dich. Kuss, Mark.

Jeff wählte im Menü des Handys »Postausgang«.

Sorry, ging nicht eher. Mir geht's genauso. Bis später, Laura :-x.

Jeff ließ das Handy auf den Boden fallen. Es gab keinen Zweifel. Laura musste Mark in den Ferien getroffen haben. Und sie hatte ihm nichts davon erzählt, kein Wort. Etwas musste zwischen den beiden passiert sein …

»Verdammtes Arschloch!«, sagte Jeff laut, während er die CD-Hülle anstarrte.

Mark Callaghan. Offenbar legte der Typ ein Mädchen nach dem anderen flach. Angewidert legte Jeff die CD-Hülle zurück auf die Kommode.

Laura hatte ihn hintergangen. Sie war zu feige, darüber zu reden. Sollte er auf Laura warten und sie zur Rede stellen? Ihr an den Kopf werfen, dass sie eine schäbige Lügnerin und ihr Verhalten das Allerletzte war? Oder sollte er einfach abhauen und sie ab sofort ignorieren?

»It's the day before doomsday
the pitch black sky is falling down …«

Jeff schluckte. Er starrte den CD-Player an, in der sich die verhasste Scheibe drehte. Und dann konzentrierte er seine Gedanken.

ZERSTÖREN!

Die CD blieb hängen.

»Is falling down …
Is falling down …
Is …«

Das Gerät fing an zu qualmen. Jeff hielt den Blick weiterhin darauf gerichtet.

Plötzlich gab es einen Knall. Der CD-Player wackelte. Dann war es still.

»Okay«, murmelte Jeff und hoffte, dass die Scheibe auch etwas abbekommen hatte. So, wie er Laura kannte, würde sie morgen gleich nach Riverside fahren und sich einen neuen CD-Player besorgen. Genug Geld hatte sie ja, ihre Eltern verwöhnten sie nach Strich und Faden. Kein Wunder, dass Laura gewohnt war, alles zu bekommen, was sie wollte.

Ihn hatte sie auch gewollt.

Er war ein Spielzeug für sie gewesen. Und jetzt uninteressant, nachdem sie diesen Mark wieder getroffen hatte.

Jeff stürmte aus dem Zimmer und knallte die Tür hinter sich zu. Er musste sich im Fitnessraum abreagieren, sofort. Sonst würden heute noch eine Menge Sachen kaputtgehen.

11

Die Besprechung hatte länger gedauert als erwartet. Laura merkte, wie ihr Magen knurrte. Sie sah auf ihre Armbanduhr und zog überrascht die Augenbrauen hoch.

»Schon fast sechs. Leute, ich hab vielleicht einen Hunger! Sollen wir gleich in den Speisesaal gehen?«

»Klar«, sagte Rebecca sofort.

Andy nickte. »Dann müssen wir vielleicht ausnahmsweise mal nicht lange anstehen.«

Obwohl sie pünktlich waren, war der Speisesaal bereits voll. Vor der Essensausgabe hatte sich eine lange Schlange gebildet.

»Ich dachte schon, Professor Rutherford hört gar nicht mehr auf zu reden«, meinte Rebecca und drehte sich zu Andy um, der hinter ihr stand. »Wahrscheinlich dachte er, wir haben es beim ersten Mal nicht verstanden.«

»Ich fand Jasper viel nerviger«, entgegnete Andy. »Seine ständigen *Erläuterungen* waren echt überflüssig. Oder habt ihr irgendwas von dem Fachchinesisch verstanden?«

Laura und Rebecca schüttelten die Köpfe.

»Hi!« Phil kam auf sie zu, und sie wechselten automatisch zu einem unverfänglicheren Gesprächsthema über. Die anderen Schüler wussten nichts von ihrer »Mission«, und das sollte vorerst auch so bleiben. Laura sah sich suchend nach Jeff um, konnte ihn aber nirgends sehen. Sie konnte sich nicht vorstellen, dass er immer noch in ihrem Zimmer wartete. Vielleicht saß er hinten in der Ecke bei Carl und AJ?

Eine Säule verdeckte ihr die Sicht auf die andere Hälfte des Tisches. Geistesabwesend trottete Laura hinter Andy her und versuchte, hinter die Säule zu spähen, als ihr bewusst wurde, dass die kubanische Küchenhilfe bereits zum zweiten Mal gefragt hatte, was sie essen wolle.

»Entschuldigung«, murmelte Laura. »Hühnchen, bitte.«

Als sie schließlich zu einem der Tische gingen, sah Laura, dass nur Tom mit den anderen Jungs zusammensaß, von Jeff keine Spur. Vielleicht war ihm langweilig geworden, und er war mit dem Bus nach Riverside gefahren? Aber alleine?

Während Phil, Andy und Rebecca sich unterhielten, stocherte Laura nachdenklich in ihrem Essen herum.

»Jetzt iss doch wenigstens was«, sagte Rebecca nach einer Weile. »Sonst ist das arme Huhn ganz umsonst gestorben.«

Laura verdrehte die Augen. Sie schob sich eine Gabel voll Essen in den Mund und bereute es sofort. Der Reis war kalt und das Hühnchen zäh, die Soße schmeckte undefinierbar. Sie verzog das Gesicht.

»Du hättest lieber die Falafel nehmen sollen, die sind total lecker!« Rebecca spießte eines der Bällchen auf ihre Gabel und hielt es Laura hin.

»Schon okay«, antwortete Laura. »Ich hab sowieso keinen Hunger mehr.« Sie hatte jetzt absolut keinen Nerv für Rebeccas Ausführungen über die Vorteile vegetarischer Ernährung. Aber Rebecca hatte im Moment nur Augen für Phil. Sie strahlte richtig, wenn sie mit ihm redete.

Armer Andy, dachte Laura. Ihr war aufgefallen, dass er genauso lustlos vor seinem Tablett saß wie sie.

Jeff war immer noch nicht aufgetaucht. Langsam wurde sie nervös. Dass er das Abendessen ausfallen ließ, sah ihm gar nicht ähnlich. Entschlossen stand sie auf.

»Wohin willst du?«, fragte Rebecca und blickte zu ihr hoch.

»Ich sehe nach, wo Jeff steckt«, erklärte sie.

»Isst du nichts mehr?« Rebecca deutete auf Lauras Teller.

»Bedien dich ruhig, wenn du Lust hast.« Laura grinste. Dann verließ sie den Speisesaal.

Jeffs Zimmer war abgeschlossen. Als sie anklopfte, kam keine Reaktion. Laura wartete einen Moment, bevor sie ins Foyer zurücklief. Wo konnte Jeff sein? Sollte sie im Fitnessraum nachsehen?

Sie dachte an die Kälte draußen und beschloss, sich lieber einen Mantel zu holen. Auf dem Weg in ihr Zimmer überlegte sie, wie lange Jeff wohl dort auf sie gewartet hatte. Vielleicht war er ja aus Versehen eingenickt und lag jetzt schlafend auf ihrem Bett …

Doch das Zimmer war leer. Kein Jeff. Laura schnupperte. Es roch merkwürdig. Irgendwie verschmort. Alarmiert sah sie sich um. An den Lampen war nichts Ungewöhnliches zu entdecken …

Der CD-Player! Laura lief zu ihrem Bett und wäre fast auf ihr Handy getreten, das auf dem Boden lag. Sie stutzte. Ihr war gar nicht aufgefallen, dass sie das Handy vergessen hatte. Aber auf den Boden hatte sie es bestimmt nicht geworfen … Als sie es aufhob, sah sie den Zettel auf dem Bett. Marks Notiz, die er der CD beigelegt hatte.

Laura traute ihren Augen nicht.

Jeff musste ihn gefunden haben. Und sicher hatte er ihn gelesen.

Ihr Herz klopfte auf einmal wie wild. Verdammt, warum hatte sie den Zettel nicht sofort zerrissen? Was dachte Jeff jetzt?

Sie starrte auf das Handy in ihrer Hand. Es war eingeschaltet. Man brauchte keine PIN einzugeben, um die SMS lesen zu können.

Hatte Jeff etwa …

»Mist.« Laura wurde schlecht. Als sie sich aufs Bett setzte, bemerkte sie, dass der seltsame Geruch tatsächlich aus dem CD-Player kam. Sie versuchte, ihn einzuschalten. Nichts passierte. Auch das CD-Fach ließ sich nicht öffnen. Durch das kleine Sichtfenster konnte Laura sehen, dass die CD darin seltsam verfärbt war.

Ihre Gedanken rasten.

Jeff. Erst hatte er den Zettel gelesen, dann die SMS. Und zwei und zwei zusammengezählt. Dann war er ausgerastet – und hatte ihren CD-Player zerstört!

Das war die einzige Erklärung …

Fluchend schnappte sich Laura ihren Mantel und rannte nach unten. Ein eisiger Wind blies ihr ins Gesicht, als sie durch die große Eingangspforte des Schulgebäudes nach draußen lief. Es war bereits dunkel, und der bleiche Mond schien durch die kahlen Äste der Bäume. Der Schnee war so tief, dass Laura bis über die Knöchel einsank. Bis sie die Sporthalle erreicht hatte, waren ihre Sneakers völlig durchnässt, und sie spürte ihre Füße kaum noch.

Die Halle war abgesperrt. Außerdem waren die Fenster alle dunkel, obwohl sie vorhin noch geglaubt hatte, einen Lichtschimmer zu sehen. Aber das konnte auch der Mond gewesen sein.

Was sollte sie jetzt machen? Zurück ins Institut gehen und alle Räume nach ihm absuchen? Aber es war unwahrscheinlich, dass Jeff friedlich im Aufenthaltsraum oder der Bibliothek saß. Er war bestimmt außer sich vor Wut …

Sie musste unbedingt mit ihm reden. Ihm alles erklären. Ihm sagen, dass es anders war, als er dachte …

Frierend schob Laura ihre Hände in die Manteltaschen. Da bog Alan Cutter mit seinem Hund um die Ecke.

»Was machst du hier draußen?«, knurrte er, als er Laura entdeckte. »Ich hab dir schon dreimal gesagt, dass das Rauchen auf dem Schulgelände untersagt ist. Trotzdem finde ich dauernd deine Kippen.«

Laura ignorierte die Bemerkung.

»Entschuldigung, haben Sie vielleicht Jeffrey Davis gesehen?«, fragte sie zögernd und setzte ihr freundlichstes Lächeln auf.

»Hat sich jedenfalls nicht bei mir abgemeldet.«

»Oh.« Laura senkte enttäuscht den Blick.

Cutter baute sich wichtigtuerisch vor ihr auf. »Wenn er ohne Erlaubnis das Schulgelände verlassen hat, gibt es mächtig Ärger, das kannst du deinem Freund ausrichten! He –«

Laura rannte bereits zu ihrem Auto.

12

Der Gedanke, dass Jeff vielleicht mit ihr Schluss machen würde, machte Laura völlig fertig. Sie musste unbedingt mit ihm reden. Inzwischen war sie davon überzeugt, dass er ihr absichtlich aus dem Weg ging.

Sie war zwei Stunden lang durch die Straßen von Riverside gefahren, ohne ihn zu entdecken. Als sie in *Bill's Corner* nach ihm gefragt hatte, hatte Bill ihr gesagt, dass er Jeff den ganzen Abend nicht gesehen hatte.

Verdammt, wo steckte er nur?

Kurz vor zehn Uhr war Laura wieder ins Institut zurückgefahren. Sie hatte einen üblen Rüffel von Cutter kassiert, aber das war ihr im Moment total egal. Sie klopfte noch einmal bei Jeff. Wieder öffnete niemand. Diesmal hatte sie aber das Gefühl, dass er da war.

»Bitte, Jeff!« Laura trommelte an die Tür. »Lass uns reden. Bitte!«

Keine Reaktion.

»Jeff!«

Ihr kamen die Tränen. Sie ließ die Hände sinken, lehnte sich an die Wand und rutschte langsam auf den Boden. Sie würde einfach so lange vor seiner Tür sitzen bleiben, bis er herauskam. Dann würde er gezwungen sein, mit ihr zu reden …

»Beziehungsstress?«, fragte Carl, der mit AJ den Gang entlangkam.

»Geht dich nichts an«, sagte Laura kühl.

»He, heulst du?« Carl beugte sich neugierig zu ihr herab.

Laura senkte den Blick und ließ ihre Haare wie einen Vorhang vor ihr Gesicht fallen.

»Etwa wegen Jeff?«, mischte sich jetzt AJ ein. »Mann, Laura, das hast du doch nicht nötig. Andere Mütter haben auch schöne Söhne.«

»Haltet einfach die Klappe und haut ab, ja?«, fauchte Laura. Mit einem Satz kam sie auf die Füße. Ihr war klar geworden, dass sie unmöglich hier sitzen bleiben konnte.

Sie rannte zur Treppe und lief die Stufen so schnell hinunter, dass sie stolperte und um ein Haar gestürzt wäre. Doch sie konnte sich noch rechtzeitig am Geländer festhalten.

»Mist, verfluchter!«

Sie hatte keine Ahnung, was sie tun sollte. Tränenüberströmt erreichte sie ihr Zimmer, riss die Tür auf und ließ sich auf ihr Bett fallen, ohne den Mantel auszuziehen.

Rebecca, die schon im Nachthemd war und las, sah sie überrascht an.

»Mensch, Laura, wo bist du gewesen?«

Statt einer Antwort schluchzte Laura laut in die Kissen.

Rebecca stand auf und verriegelte die Zimmertür. Dann setzte sie sich auf Lauras Bettkante.

»Was ist denn los? Hast du dich mit Jeff gestritten?«

»Ich glaube, es ist aus.« Laura setzte sich auf. Die Wimperntusche hatte ihr Kopfkissen verschmiert. »Jeff weiß alles.« Sie erzählte ihr, dass Jeff den Zettel und die SMS auf ihrem Handy gelesen hatte. »Und dann hat er vor Wut meinen CD-Player kaputt gemacht.« Laut schniefend deutete sie auf das Gerät.

Rebecca zog die Augenbrauen hoch. »Bist du sicher? Vielleicht ist der CD-Player ja von allein kaputtgegangen.«

»Das glaubst du doch selbst nicht. Schau doch, wie die CD aussieht. – Das war kein normaler Kurzschluss, das war Jeff.«

Rebecca zog vorsorglich das Kabel, das noch immer ans Netz angeschlossen war, aus der Steckdose heraus.

»Damit es keinen Zimmerbrand gibt.«

»Wär mir jetzt auch egal.«

»Das ist nicht dein Ernst.«

Laura starrte vor sich hin. »Becky, was soll ich denn nur machen? Ich muss Jeff alles erklären. Aber ich glaube, er will nicht mehr mit mir reden.«

»Würde ich an seiner Stelle auch nicht.«

»Wie bitte?«

»Na ja.« Rebecca räusperte sich. »Eigentlich kann ich Jeff gut verstehen. – Ich hab dir ja gesagt, dass du mit ihm über die Sache reden sollst.«

»Okay, okay, du hattest recht«, sagte Laura. »Aber jetzt ist es zu spät. Wie krieg ich das nur wieder hin?«

»Willst du es denn wieder hinkriegen?«

»Natürlich!«

»Und was ist mit Mark?«

Laura schwieg.

»Du weißt immer noch nicht, für wen du dich entscheiden sollst«, meinte Rebecca. »Mensch, Laura, so kannst du echt nicht weitermachen. Das ist unfair. Und so wirst du womöglich beide verlieren.«

»Das geschieht mir wahrscheinlich recht«, sagte Laura sarkastisch. »Das denkst du doch auch, stimmt's?«

»Quatsch ...«

Laura seufzte. Sie zog ihren Mantel aus und ließ ihn achtlos auf den Boden fallen.

Rebecca hob ihn auf und hängte ihn über einen Bügel. »Deine Schuhe sind auch total nass«, stellte sie fest. Laura hatte ihre Sneakers durchs Zimmer gekickt. »Die musst du mit Zeitungspapier ausstopfen. Und bestimmt hast du eiskalte Füße. Du solltest heiß duschen, damit du dich nicht erkältest.«

»Bist du jetzt meine Mom, oder was?«, fauchte Laura genervt.

»Dann eben nicht«, fauchte Rebecca zurück. »Ist mir doch egal, ob du krank wirst.«

Beleidigt legte sie sich in ihr Bett und knipste die Nachttischlampe aus. Im Zimmer wurde es dunkel.

Laura ließ sich aufs Bett fallen und betrachtete die Schatten an der Decke. Sie fühlte sich leer. Alles ging schief …

Sie wusste nicht, wie lange sie so dagelegen hatte, als sie merkte, dass die Vibrationen einsetzten. Ganz automatisch hatte sie die Hände auf ihren Bauch gelegt, um sich zu entspannen.

Sollte sie aus ihrem Körper schlüpfen? Jetzt? In dieser miesen Laune?

Warum nicht? Sie könnte nachsehen, ob sich Jeff in seinem Zimmer aufhielt. Ob er schlief oder wütend auf der Bettkante saß. Sie würde zwar nicht mit ihm reden können, aber immerhin konnte sie so vielleicht erfahren, wie es ihm ging.

Einatmen. Ausatmen. Einatmen.

Einen Moment lang dachte Laura an den Schatten, dem sie bei der letzten OBE begegnet war. Aber vielleicht hatte sie sich die Sache ja tatsächlich nur eingebildet. Jetzt war Jeff wichtig, sonst nichts …

Ausatmen.

Die Schwingungen wurden stärker. Laura atmete gleichmäßig weiter. Kurz darauf hörte sie von Weitem das vertraute Summen, das lauter und lauter wurde und die Schwingungen begleitete. Als der Laut sie ganz umhüllte, merkte sie, wie sie leichter und leichter wurde und sich von ihrem Körper löste. Sie schwebte über dem Bett und stieg langsam weiter auf. Trotz der Dunkelheit konnte sie jetzt alles genau erkennen. Ohne den Kopf zu drehen, sah sie, dass Rebecca die Augen geöffnet hatte und vor sich hin starrte.

Laura hatte die Zimmerdecke fast erreicht. Sie hatte beinahe das Gefühl, sie mit der Stirn zu berühren. Sie wünschte sich in Richtung Tür. Ihr feinstofflicher Körper gehorchte sofort. Langsam schwebte sie nach vorne, mit den Füßen voraus …

Zu spät sah sie den Schatten, der hinter dem Schrank gelauert hatte. Sie spürte einen unangenehmen Luftzug. Etwas Dunkles schoss unter ihr hindurch in Richtung Bett, auf dem ihr Körper lag. Als sie sich umdrehen wollte, merkte sie, wie etwas riss.

Es war ein kurzer Ruck, verbunden mit einem seltsamen Schmerz und dem Gefühl der Losgelöstheit und Freiheit.

Sie wusste sofort, was passiert war. Das kaum wahrnehmbare Band, das ihren feinstofflichen mit dem irdischen Körper verband und das immer für ihre Rückkehr gesorgt hatte, war durchtrennt worden.

Das allein wäre nicht schlimm gewesen, denn noch befand sich Laura im selben Zimmer wie ihr Körper und sie hätte wahrscheinlich mit reiner Willensanstrengung in ihn zurückkehren können.

Doch jetzt sah sie voller Entsetzen, wie sich ihr Körper auf dem Bett bewegte und schwungvoll aufsetzte.

Sie konnte nicht mehr zurück!

Ein Fremder hatte ihren Körper übernommen!

Dritter Teil
Januar

1

Rebecca war viel zu sauer, um einschlafen zu können. Was war in der letzten Zeit nur mit Laura los? Ihre Launenhaftigkeit ging Rebecca langsam, aber sicher auf die Nerven. Sie konnte verstehen, dass Laura wegen Jeff beunruhigt war, aber das hatte sie sich schließlich selbst zuzuschreiben. Laura und Jeff waren doch das Traumpaar der Schule gewesen. Und Laura setzte alles aufs Spiel – wegen eines Typen, der es gar nicht wert war! Konnte man wirklich zwei Menschen auf einmal lieben? Warum schaffte Laura es nicht, sich von Mark loszureißen?

Das, was Rebecca bisher über ihn wusste, machte ihn nicht gerade sympathisch. Ein bislang erfolgloser Musiker, der in den Tag hinein lebte, Drogen und Alkohol nicht abgeneigt war und seine Freundinnen schneller wechselte, als man gucken konnte. Rebecca konnte nachvollziehen, warum Lauras Eltern ihn nicht mochten und froh gewesen waren, als Laura sich von ihm getrennt hatte.

Auch Andys älterer Bruder Steve war alles andere als ein Musterschwiegersohn. Er hatte sogar öfter mit der Polizei zu tun. Trotzdem liefen ihm viele Mädchen hinterher. Warum hatten solche Typen so großen Erfolg bei Frauen?

Rebecca seufzte. Vielleicht fehlte es ihr wirklich an Erfahrung ... Es brachte nichts, sich noch weiter den Kopf darüber zu zerbrechen. Laura musste selbst herausfinden, was sie wollte.

Im anderen Bett raschelte es, und Rebecca merkte, dass

Laura sich aufgesetzt hatte. Was hatte sie jetzt noch vor? Wollte sie etwa noch mal weg?

»Jetzt schlaf doch endlich«, sagte Rebecca und stöhnte genervt.

Laura antwortete nicht.

»Mensch, Laura, so kann ich nicht schlafen.« Sie knipste das Licht an. »Was ist denn?«

Laura saß aufrecht in ihrem Bett, die Augen vor Schreck geweitet. Rebecca stützte sich mit dem Ellbogen auf. »Hast du schlecht geträumt, oder was?«

Laura wirkte irgendwie seltsam. Sie öffnete den Mund. »Was … *wo bin ich*?«

Ihre Stimme war rau und hatte einen fremdartigen, scharfen Unterton.

»Laura, was ist los?«, rief Rebecca erschrocken.

Mit immer noch weit geöffneten Augen schwang Laura ihre Beine über die Bettkante, stand auf und blieb in der Mitte des Zimmers stehen. Ihre Bewegungen wirkten unbeholfen. Sie starrte Rebecca an.

»Wer bist du?«

Rebecca lachte trocken. »Wenn das ein Scherz sein soll – ich finde ihn überhaupt nicht komisch, Laura!«

»Warum nennst du mich Laura? Ich heiße Sophia!«

Rebecca schnappte nach Luft. Jetzt war Laura völlig durchgedreht!

»Wo bin ich?«, wiederholte Laura. »Und wo ist David?« Ihre Stimme klang panisch. Sie sah sich gehetzt um, dann stolperte sie zum Badezimmer. Kurz danach hörte Rebecca einen Schrei.

Rebecca lief zu ihr. Laura kauerte am Boden und zitterte am ganzen Körper. Tränen liefen ihr über die Wangen.

»Was habt ihr mit mir gemacht? Warum sehe ich so aus? Ich will zu Dr. Fletcher! Warum ist David nicht hier?«

Rebecca kniete sich neben sie. »Was redest du da? Wer ist dieser David?«

Laura sah sie ungläubig an. »Mein Verlobter!«, sagte sie barsch. Rebecca wich erschrocken zurück. Laura vergrub ihr Gesicht in den Händen und schluchzte.

»Oh Gott … was habt ihr mit mir gemacht? David hasst rote Haare. Dr. Fletcher hat gesagt, dass er mir helfen will – und jetzt das!«

»Aber Fletcher … ist tot!«

»Tot?« Laura schüttelte den Kopf. »Das kann nicht sein.«

Rebecca starrte sie mit offenem Mund an. Was redete Laura für wirres Zeug? Wusste sie nicht mehr, wer sie war?

Rebecca hatte ein ungutes Gefühl. Etwas musste mit Laura passiert sein! Vor einer halben Stunde war sie noch ganz anders gewesen …

Laura sprang auf. »Ich muss sofort mit ihm reden!« Sie rannte zur Tür.

Rebecca lief ihr hinterher und fasste sie am Arm. »Wo willst du hin?«

»Zu David natürlich!«, fauchte Laura.

»Warte doch!« Rebecca stellte sich ihr in den Weg und versuchte, sie festzuhalten. Doch Laura stieß sie unsanft zur Seite.

»Fass mich bloß nicht an!«, zischte sie. Ihre grünen Augen leuchteten wie die einer Raubkatze. Fassungslos sah Rebecca zu, wie Laura die Tür aufriss und in den Flur stürmte.

Erst wollte Rebecca ihr nachlaufen. Doch dann merkte sie, dass sie am ganzen Körper zitterte – genau wie Laura vorhin im Bad. Alleine würde sie es bestimmt nicht schaffen,

Laura aufzuhalten. Sie nahm Lauras Handy vom Schreibtisch und wählte Andys Nummer. Hoffentlich hatte er sein Handy nicht ausgeschaltet!

»Andy, geh ran …«, murmelte Rebecca, während es tutete.

Es dauerte eine halbe Minute, bis er abhob. Rebecca kam es vor wie eine Ewigkeit. »Laura?«, fragte er schläfrig. »Warum rufst du mich um diese Zeit an?«

»Ich bin's, Becky«, sagte Rebecca atemlos. »Mit Laura stimmt irgendwas nicht. Sie hat ganz seltsames Zeug geredet, und dann ist sie einfach weggerannt. Wir müssen sie unbedingt aufhalten! Kannst du sofort ins Foyer kommen?«

Andy grummelte etwas Unverständliches.

»Andy!« Rebeccas Stimme wurde panisch. »Hast du mich verstanden? Wir treffen uns unten im Foyer. Bitte, komm sofort! Halt, am besten sagst du auch Jeff Bescheid!«

»Ja, ja«, murmelte Andy müde.

»Beeil dich, ich habe ein ganz komisches Gefühl!« Rebecca legte auf. Dann zog sie schnell ihre Schuhe und Jacke an, steckte das Handy in die Tasche und verließ das Zimmer. Auf dem Gang blieb sie kurz stehen und lauschte, aber es war nichts zu hören. Weit konnte Laura noch nicht sein. Oder doch? Wo wollte sie überhaupt hin? Sie hatte nicht einmal Schuhe an …

Unten im Foyer versuchte Rebecca, die Eingangstür zu öffnen, doch sie war abgeschlossen. Laura musste also noch im Gebäude sein. Versteckte sie sich hier irgendwo? Hinter einer der Säulen vielleicht?

»Laura, wo bist du?«, flüsterte Rebecca.

Niemand antwortete. Rebecca sah sich in alle Richtungen um. Durch die hohen Fenster schien der Mond herein und warf gespenstische Schatten an die Wände. Plötzlich hörte sie Schritte. Rebecca hielt den Atem an. Hoffentlich war es nicht Cutter!

Im nächsten Moment sah sie Andy und Jeff die Treppe herunterkommen. Sie atmete auf.

»Gut, dass ihr da seid!«

»Ich hoffe, es ist was Wichtiges«, sagte Jeff.

Rebecca sah ihm seine schlechte Laune an. Sie erklärte den beiden kurz, was passiert war.

»Sie hat Fletchers Namen erwähnt. Und dann hat sie gesagt, dass sie unbedingt zu *David* will.«

»Ach, zwei Typen reichen ihr wohl noch nicht!« Jeff schnaubte.

»Ich glaube, das ist nicht mehr Laura«, vermutete Rebecca. »Ich habe das Gefühl, dass jemand anderes ihren Körper steuert.«

»Quatsch«, widersprach Andy sofort. »Wie soll denn das passiert sein?«

Rebecca wollte etwas sagen, aber ein lautes Poltern übertönte sie.

»Das kam aus dem Speisesaal!«, rief Andy aufgeregt.

Ohne zu zögern, rannten sie in die Richtung, aus der der Lärm kam. Als Rebecca das Licht einschaltete, sahen sie, dass Laura vor einem der großen Fenster stand und mit beiden Fäusten dagegentrommelte. Seit Jeff eines Nachts hinausgeklettert und von Cutter erwischt worden war, hatte man auch an den Fenstern im Speisesaal Schlösser angebracht.

»Ich will hier raus!«, brüllte Laura. Ihre Stimme klang hysterisch. Als sie die drei Freunde bemerkte, drehte sie sich um und schnappte sich einen der Stühle.

»Lasst mich raus, ihr Verbrecher!«, schrie sie. »DAVID!« Sie schlug den Stuhl mit voller Wucht gegen das Fenster. Die

Scheibe erzitterte, ging aber nicht kaputt. Sie schlug wieder zu. Diesmal bildete sich ein feiner Riss.

Rebecca sah Andy und Jeff an. »Wir müssen irgendwas tun, sie ist ja völlig außer sich!«

Entschlossen trat Jeff einen Schritt nach vorne. »Laura!«, rief er. Sie reagierte nicht. »LAURA!«

Laura holte erneut zum Schlag aus.

»Sophia, warte!«

Laura ließ den Stuhl sinken und sah Rebecca mit leeren Augen an. In dieser Sekunde stürzte sich Jeff auf sie und riss ihr den Stuhl weg. Er packte sie, aber Laura trat ihm gegen das Schienbein und rannte los. Sie wollte an Rebecca und Andy vorbei durch die Tür, doch Andy reagierte blitzschnell und stellte ihr ein Bein.

Laura schlug der Länge nach hin und heulte vor Schmerz auf.

»Tut mir leid«, flüsterte Andy zerknirscht, während Jeff ihnen zu Hilfe eilte, um Laura festzuhalten. Weil sie sich noch immer heftig wehrte, drehte er ihr die Arme auf den Rücken. Laura spuckte ihn an, aber Jeff konnte noch rechtzeitig sein Gesicht wegdrehen.

»Sie ist total übergeschnappt! Was machen wir jetzt mit ihr?«

Rebecca überlegte. Sie hatte keine Ahnung, wie sie ihre Freundin wieder zur Vernunft bringen konnten. Laura warf ihr einen hasserfüllten Blick zu.

Da zog Rebecca Lauras Handy aus der Jackentasche. »Am besten rufe ich Rutherford an. Er soll sofort herkommen.«

2

Es war unfassbar. Vor ihnen saß eine völlig fremde Person, die wie Laura aussah und auch ihre Klamotten trug. Aber ihr Blick war anders, ihre Art sich zu bewegen, sogar ihre Mimik.

Jeff musste sie ununterbrochen anstarren, während sie redete. Ihre grünen Augen streiften ihn ohne ein Zeichen des Erkennens.

Unten im Speisesaal hatte er noch gedacht, Laura würde nur Theater spielen. Doch inzwischen war ihm und den anderen klar, dass etwas Schreckliches passiert war.

Rebecca hatte mit ihrer Vermutung recht gehabt, wie Rutherford inzwischen bestätigt hatte. Eine Fremde hatte Lauras Körper übernommen, sprach mit Lauras Stimme und gestikulierte mit Lauras Händen.

Jeff erinnerte sich daran, was Laura ihm vor ein paar Tagen erzählt hatte – dass sie bei einer OBE einem Schatten begegnet war und das Gefühl gehabt hatte, dass dieser es auf ihren Körper abgesehen hatte. Jetzt machte er sich Vorwürfe, dass er ihre Ängste nicht ernster genommen hatte.

Rutherford, der sich müde die Augen rieb, schien mit der Situation etwas überfordert zu sein. Es war hauptsächlich Rachel Morgenstern, die der Fremden Fragen stellte.

Sie lief im Raum hin und her, hellwach, als hätte man sie nicht erst vor Kurzem aus dem Bett geholt. Sie wirkte hoch konzentriert, sodass Jeff sich fragte, ob sie vielleicht irgendwelche Aufputschmittel nahm.

»Sie heißen also Sophia Rodriguez? Das klingt spanisch.«

»Ja, mein Vater stammt aus Mexiko.« Die Stimme der Fremden klang spröde. Ihr fehlte Lauras Wärme.

»Und wann ist diese Krankheit bei Ihnen diagnostiziert worden, Miss Rodriguez?«

»Vor anderthalb Jahren. Ich war sechsundzwanzig.«

Jeff wusste so gut wie überhaupt nichts über *Amyotrophe Lateralsklerose*, kurz ALS. Gebannt hörte er sich an, wie die Diagnose Sophias Leben verändert hatte.

»David und ich waren gerade seit zwei Wochen verlobt. Wir hatten große Pläne – heiraten und mindestens vier Kinder. Weil ich mich schon eine Weile nicht wohlfühlte, gab ich Davids Drängen nach und ging endlich zum Arzt. Ich dachte, dass ich vielleicht zu wenig Eisen hätte und mir auch ein paar Vitamine fehlten ... Mit einer so schlimmen Krankheit hatte ich überhaupt nicht gerechnet.«

»Welche Symptome hatten Sie denn?«

»Müdigkeit, Erschöpfung und dann so ein undefinierbares Muskelzucken im rechten Oberarm. Manchmal war mir auch ein bisschen schwindelig. Einmal bin ich auf der Straße hingefallen. Ich hab mir nichts dabei gedacht.« Sophia machte eine Pause, bevor sie weiterredete. Sie streckte ihre Arme aus, winkelte sie an, und es schien, als könnte sie gar nicht fassen, dass die Bewegung reibungslos klappte.

»Ich kann mir vorstellen, dass es ein großer Schock für Sie war, als Sie die Wahrheit erfuhren«, sagte Dr. Morgenstern und blieb stehen.

»Ich glaube nicht, dass Sie sich das *wirklich* vorstellen können.« Sophias Stimme klang zynisch. »Die Krankheit ist tödlich. Die meisten Patienten sterben innerhalb von drei Jahren. Manche schaffen es, fünf Jahre zu überleben. Die

Muskeln verkümmern. Erst sitzt man im Rollstuhl, später kann man nicht mehr schlucken und essen, und zuletzt versagt die Atmung.«

»Wie schrecklich«, sagte Rebecca leise.

Jeff war zwar auch von Sophias Geschichte erschüttert, aber viel mehr beunruhigte ihn, was mit Laura passiert war. Wo war sie jetzt? Steckte sie in einem anderen Körper oder trieb sie als körperloses Wesen durch irgendwelche Zwischenwelten? Oder war sie als eine Art Geist anwesend – hier im Raum? Sein Blick irrte zur Decke, aber er konnte nicht feststellen, dass etwas anders war als sonst.

»Gibt es keine Medikamente?«, fragte Professor Rutherford, rückte seine Brille zurecht und verschränkte wieder die Arme.

»Bisher gibt es nur ein Mittel, das das Leben um drei oder vier Monate verlängert«, antwortete Sophia.

Rachel sog hörbar die Luft ein.

In diesem Moment klopfte es an der Tür, und Dr. Crane kam herein. Sein graues Haar saß nicht so exakt wie sonst, anscheinend war er höchstens mit den Fingern hindurchgefahren. Zum ersten Mal kam Jeff der Gedanke, dass Crane wahrscheinlich Haarspray benutzte, um seine Frisur in Form zu halten.

»Tut mir leid«, entschuldigte sich Dr. Crane. »Es ging nicht früher. Ich bin so schnell wie möglich hergefahren. – Was ist das für ein Notfall?«

»Wir haben es mit einer fremden Identität zu tun, die Lauras Körper übernommen hat«, antwortete Rutherford. »Höchstwahrscheinlich während einer OBE.«

»Laura hat mir nach den Weihnachtsferien erzählt, dass sie sich bedroht gefühlt hat, während sie sich im außerkörperlichen Zustand befunden hat«, sagte Rachel. »Sie hatte Angst, dass jemand ihren Körper übernimmt.«

Jeff wurde immer unruhiger. Er musste wissen, was mit Laura passiert war. Was bildete sich diese Sophia eigentlich ein? Er stürzte auf sie zu und rüttelte sie an den Schultern.

»Warum hast du das getan?«, schrie er sie an. »Der Körper gehört dir nicht! Lass Laura zurückkehren!«

Sofort zogen Crane und Rutherford ihn von Sophia weg. Sie mussten ihn festhalten. Immer wieder wollte sich Jeff auf die falsche Laura stürzen und sie mit Gewalt zwingen, den Körper freizugeben. Erst als ihm Dr. Morgenstern klarmachte, dass es ja Lauras Körper war, den er angriff, gab Jeff auf.

Er wusste überhaupt nicht mehr, was er denken sollte. Einerseits war er noch immer sauer auf Laura, andererseits kam er beinahe um vor Angst um sie. Er wollte, dass sie zurückkehrte, und er wollte sie gleichzeitig zum Teufel schicken, weil sie mit seinen Gefühlen gespielt hatte. Ihm brach der Schweiß aus. Wie durch Watte hörte er, dass Rutherford sagte: »Wir haben es hier mit einem außergewöhnlichen Fall zu tun.«

»Sophia Rodriguez, die wir jetzt anscheinend vor uns haben, leidet an ALS«, erklärte Rachel Morgenstern und fügte hinzu: »Die Krankheit ist unheilbar.«

»Ich weiß, was ALS ist«, gab Crane zurück, und seine Stimme klang ungehalten. »Ich bin schließlich Arzt.«

Rachel hob vorwurfsvoll die Augenbrauen, sagte aber nichts.

Jetzt trat Rutherford einen Schritt vor und sah Sophia aufmerksam an.

»Was ist dann passiert?«, fragte er leise. »Wie sind Sie und Ihr Freund mit der Krankheit umgegangen?«

»Wir … wir wollten … das Todesurteil nicht akzeptieren«, antwortete Sophia stockend und zog die Schultern hoch. »Zuerst hofften wir, dass sich die Ärzte geirrt hätten. Aber dann wurde mein Zustand schlechter … Die Symptome waren eindeutig. Wir haben uns an jeden Strohhalm geklammert. Ich hab hoch dosiertes Vitamin E geschluckt – ohne Wirkung. David und ich haben sogar einen Wunderheiler aufgesucht. Unser ganzes Geld ist für diese verdammte Krankheit draufgegangen …«

Jeff erwartete, dass Sophia jetzt erzählen würde, wie sie an der Krankheit gestorben war. War sie ein Geist und hatte sich mit Lauras Körper das Leben zurückerobert? Er starrte sie an. Wie konnte sie Laura nur so etwas antun?

»An dem Tag, an dem wir den Rollstuhl für mich kauften, hörten wir von Dr. Fletcher«, fuhr Sophia fort.

Jeff merkte, wie Crane heftig schluckte. »Dr. Henry Fletcher?«

»Ich kenne nur einen Dr. Fletcher«, sagte Sophia. »Er gab mir meinen Lebensmut zurück. Wir schöpften neue Hoffnung, als wir hörten, dass es bald ein Medikament geben würde, das ALS heilen kann.«

»Ein Medikament?«, fragte Rachel Morgenstern, und Crane sagte zur gleichen Zeit: »So etwas wäre doch durch die einschlägige Fachpresse gegangen!«

»Das Medikament … war … ist noch in der Testphase«, berichtete Sophia. »Fletcher hat mir die Wirkungsweise genau erklärt. Das neue Mittel sorgt dafür, dass die Degeneration des Nervensystems gestoppt wird – und so wird die Krankheit aufgehalten. Aber das war noch nicht alles. Fletcher behauptete, dass das Medikament auch die Neubildung von Nervenzellen anrege. ALS kommt also nicht nur zum

Stillstand, sondern der körperliche Zustand kann sich sogar wieder bessern.«

Rachel Morgenstern hob die Augenbrauen. »So ein Medikament wäre tatsächlich der Durchbruch.«

»Und warum hat man davon noch nichts gehört?«, fragte Crane.

»Fletcher wollte zuerst ganz sicher sein«, murmelte Sophia. »Die Ergebnisse bei Tierversuchen waren sehr gut, aber es gab noch nicht genügend Erfahrungswerte mit menschlichen Patienten. Ich war bereit, mich als Testperson zur Verfügung zu stellen. Was hatte ich in meinem Zustand schon zu verlieren?«

Rachel Morgenstern war entsetzt. »Nicht genehmigte Versuche mit Patienten – das ist unverantwortlich …«

Jetzt schaltete sich Rutherford ein. »Wissen Sie, ob das allein Fletchers Idee war? Oder hatte er einen Auftraggeber? Hat er für eine Pharmafirma gearbeitet?«

»Ja, aber für welche Firma, weiß ich nicht mehr …« Sophia überlegte. »Ich glaube, er hat mal den Namen Wescott oder so erwähnt.«

»Vielleicht Wescott Pharma«, sagte Dr. Crane sofort.

Sophias nickte. »Ja, genau, das war es.«

»Wescott Pharma«, wiederholte Rutherford. »War das nicht die Firma, die vor Jahren in den Aids-Skandal verwickelt gewesen ist, Christopher?«

»Weiß nicht, kann sein«, antwortete Dr. Crane ausweichend. »Ich kann mich an den Namen der Firma nicht mehr erinnern …«

Rutherford kniff die Lippen zusammen. »Wescott Pharma hatte nach dem Skandal damals enorme Umsatzeinbußen. Soviel ich weiß, stand das Unternehmen sogar kurz vor der

Pleite. Die meisten Mitarbeiter sind entlassen worden, die Firma schrumpfte auf einen Bruchteil ihrer ursprünglichen Größe. Vor einigen Jahren hat der Sohn des Inhabers die Firma übernommen und die Produktpalette langsam wieder erweitert. Momentan vertreibt Wescott Pharma hauptsächlich Schmerzmittel und Medikamente gegen Allergien.«

»Sie wissen ja ausgezeichnet Bescheid«, bemerkte Crane.

»Meine Frau hat kürzlich intensiv über Wescott Pharma recherchiert – in Zusammenhang mit dem Mordfall Fletcher«, sagte Rutherford. »Etliche Ausdrucke über die Firma lagen bei uns auf dem Wohnzimmertisch.«

»Ein Mordfall?« Sophia riss ungläubig die Augen auf. »Dr. Fletcher?«

»Ja«, sagte Dr. Crane. »Wussten Sie das nicht?«

Sophia schüttelte den Kopf. »Und wer ... wer hat ihn umgebracht?«

»Das weiß man nicht«, antwortete Rutherford. »Die Polizei verdächtigt seinen Sohn Sam, der seit dem Mord verschwunden ist.«

Sophia fing an zu weinen. »Dr. Fletcher ... war so ein guter Mensch ... Er wollte mir helfen ...«

»Erzählen Sie weiter«, forderte Rachel Morgenstern sie auf. »Hat Fletcher Ihnen Geld angeboten, damit Sie sich als Testperson zur Verfügung stellen?«

Sophia nickte. »David und ich hatten uns durch meine Krankheit finanziell verausgabt. Wir hatten Schulden ... Dr. Fletcher hat sie bezahlt ... Wir sollten noch mehr bekommen. Es hätte vielleicht sogar ... für ein kleines Häuschen gereicht ...« Sie brach wieder in Tränen aus.

Rutherford und Rachel Morgenstern wechselten einen Blick.

»Offenbar hat Fletcher für Wescott Pharma geforscht«, murmelte Rutherford. »Ein wirksames Medikament gegen ALS hätte der Firma einen Riesengewinn verschafft und Wescott vermutlich zu einem der führenden Pharmaunternehmen gemacht. Das Interesse der Firma an dem neuen Medikament war so groß, dass sich Fletcher wahrscheinlich nicht ganz legaler Methoden bediente, um seinen Arbeitgeber zufriedenzustellen … Sicher hat die Firma ihn gut bezahlt, deswegen konnte Fletcher Ihnen auch viel Geld anbieten, damit Sie den Test mitmachen!«

»Bitte sagen Sie nichts!«, bat Sophia. »Ich will nicht, dass David Schwierigkeiten bekommt und vielleicht seinen Job verliert. Er ist Lehrer …«

»Machen Sie sich mal keine Sorgen«, beruhigte Rutherford sie. »Niemand kann Ihnen einen Vorwurf machen, dass Sie in Ihrer Situation nach jedem Strohhalm gegriffen haben. Schließlich waren Sie … sind Sie krank.«

Jeff fand es zwar spannend, zu erfahren, dass Fletcher offenbar einigen Dreck am Stecken hatte, aber viel mehr interessierte ihn, wie Sophia in Lauras Körper gekommen war.

»Zuerst sah es auch so aus, als würde das Mittel wirken«, berichtete Sophia. »Ich wurde zur Überwachung nach Rochester in eine Klinik eingewiesen. Mit Fletchers Tabletten ging es mir von Tag zu Tag besser. Ich nahm zu und konnte sogar wieder laufen. Mein bestes Ergebnis war zuletzt eine Gehstrecke von dreihundert Metern.« Sie lächelte stolz.

Dreihundert Meter, schoss es Jeff durch den Kopf. Wie grausam musste diese Krankheit sein.

»Doch dann … trat plötzlich eine rapide Verschlechterung ein«, berichtete Sophia stockend. »Ich fühlte mich furchtbar elend, konnte nicht mehr schlucken und nicht mehr essen.

Sie legten mir eine Magensonde. Kurze Zeit später … war ich frei.«

»Frei?« Rutherford zog die Augenbrauen hoch. »Wie meinen Sie das?«

»Ich verlor das Bewusstsein«, sagte Sophia. »Und dann … schwebte ich auf einmal über meinem Körper und konnte zusehen, wie die Ärzte sich um meinen Körper bemühten. Alles war unheimlich hektisch. Ich wollte ihnen sagen, dass es mir gut ging und sie sich keine Sorgen machen sollten, aber ich konnte mich nicht verständlich machen. Sie nahmen mich einfach nicht wahr.«

Klinisch tot.

Jeff erinnerte sich an die Nahtoderfahrungen, von denen er gelesen hatte. Oft hatten die Betroffenen dann das Gefühl, ihren Körper zu verlassen und in der Luft schwebend zusehen zu können, was ringsum geschah.

»Dann … dann sah ich, wie David kam. Ein Arzt teilte ihm mit, dass ich ins Koma gefallen sei und dass niemand wisse, ob und wann ich aufwachen würde.« Sophias Stimme schwankte. »Es war schrecklich für David. Er besuchte mich jeden Abend – den ganzen Herbst, obwohl er jedes Mal eine weite Strecke fahren musste, weil er ja tagsüber in Riverside als Lehrer arbeitet. Stundenlang saß er an meinem Bett – meistens bis Mitternacht. Er hielt meine Hand und flehte mich an, zurückzukommen. Ich sah und hörte alles … aber ich konnte einfach nicht in meinen Körper zurückkehren.«

Rutherford räusperte sich. »Das heißt … wenn ich Sie richtig verstanden habe, dann befindet sich Ihr Körper … dann liegen Sie in einer Klinik in Rochester?«

»Nein, inzwischen nicht mehr«, sagte Sophia, und Jeff hörte, wie Rachel Morgenstern hörbar die Luft einsog.

»Nicht mehr?«, wiederholte Rutherford.

»Die Ärzte in Rochester gaben mich auf. Aber David ließ es nicht zu, dass die Maschinen abgeschaltet werden. Er ließ meinen Körper Ende des Jahres ins St. Joseph's Hospital nach Riverside bringen.« Sophia schluckte. »Ich … ich hatte mich bisher immer in der Klinik aufgehalten, in der Nähe meines Körpers. Aber als … als sie meinen Körper wegbrachten, geriet ich in Panik. Ich irrte herum … und fand plötzlich einen leeren Körper, der mich auf magische Weise anzog … Ich wollte hineinschlüpfen … aber dann wurde ich weggestoßen …«

»Laura!« Jeff sprang auf. »Das war Laura! Sie haben schon an Neujahr versucht, ihren Körper zu übernehmen!«

Sophia sah ihn irritiert an. Rebecca packte Jeff am Ärmel.

»Setz dich«, flüsterte sie ihm zu. »Sie muss uns alles erzählen. Nur so haben wir eine Chance, herauszufinden, wo Laura ist.«

»Sie sagten, David hat Sie ins St. Joseph's Hospital gebracht«, sagte Rutherford. »Sind Sie … ist Ihr Körper noch immer dort?«

»Das weiß ich nicht.« Sophia schlug die Hände vors Gesicht. »Ich … ich war noch nicht im Hospital … Ich weiß gar nicht, wo das ist. Und David … ich hab ihn nicht wieder gesehen. Da war nur dieser fremde Körper … Ich durfte ihn nicht verlieren. Ich war wie besessen von dem Gedanken, diesen Körper zu bekommen.« Ihre Stimme war nur noch ein Flüstern. »Er ist jung … und vor allem gesund …«

3

Laura hörte jedes Wort, und es machte sie rasend, dass Sophia offenbar keinerlei Gewissensbisse hatte.

Sie hat einfach meinen Körper geklaut!

Sie rastete aus und bewegte sich im Zickzackkurs durch den Raum. Sobald sie an eine Wand stieß, federte sie wie ein Tennisball zurück, schnellte hierhin und dorthin, war nicht mehr Herrin ihrer Kräfte.

Sie hat mir mein Leben weggenommen!

Dieser Gedanke wurde immer stärker und versetzte sie in Hysterie. Als sie merkte, dass sie die Kontrolle verlor, die Wand durchstieß und abzudriften drohte, versuchte sie sich zusammenzunehmen. Sie musste unbedingt in der Nähe ihres physischen Körpers bleiben, sonst würde sie ihn ganz verlieren. Sie befahl ihrem feinstofflichen Körper, in Rutherfords Büro zurückzukehren, wo die anderen noch immer versammelt waren.

Laura hatte den Eindruck, als seien ihre Gefühle intensiver als bei einer normalen OBE. Sophias Geschichte ließ sie allerdings erstaunlich kalt – trotz des dramatischen Schicksals. Aber wie sollte sie auch Mitleid empfinden mit jemandem, der ihr die Rückkehr in ihren eigenen Körper verwehrte?

Sie hatte es versucht, aber ihr Körper glich einem verschlossenen Tresor. Das fremde Wesen hatte sich innen breitgemacht und verteidigte wachsam jeden Eingang. Laura hatte keine Chance. Es war zum Verzweifeln!

Keiner der anderen konnte sie wahrnehmen, offenbar

nicht einmal Sophia. Diese erzählte ihre Geschichte, während Laura um ihren Kopf schwebte, wütend an ihren Haaren riss, ihr ins Gesicht schrie. Sophia zuckte mit keiner Wimper. Auch Rebecca oder Andy schienen Lauras Anwesenheit nicht zu spüren, und bei Jeff versuchte sie es erst gar nicht. Etwas hielt sie zurück: der flammend rot-orange Schimmer, der Jeffs Gestalt umgab – seine Aura.

Noch nie zuvor hatte Laura bei einer OBE die Aura der Menschen sehen können, aber jetzt nahm sie bei jedem einen intensiven Farbschimmer wahr. Ob es daran lag, dass das Band zwischen ihr und ihrem physischen Körper nicht mehr bestand? Die Farbe der Aura verriet ihr etwas über die Gefühle der Anwesenden.

Dr. Crane war von einem grauen Schein umgeben, er wirkte verkrampft, und Laura wusste, dass er sich bemühte, etwas Dunkles zu verbergen. Einen Augenblick lang war sie überzeugt, dass er mehr wusste als die anderen und es ihnen nicht sagte. War er womöglich selbst in den Fall verwickelt? Hatte er am Ende sogar den Mord an Fletcher begangen? Nein. Warum sollte er das getan haben?

Es fiel Laura in ihrem Zustand schwer, sich zu konzentrieren und einen Gedanken länger zu verfolgen. Sie näherte sich Rutherford, der mit verschränkten Armen dastand. Seine Aura war gleichmäßig grün – höchste Faszination –, und Laura wusste, dass das Ganze für ihn eine einmalige Fallstudie war. Dr. Morgensterns Aura dagegen flackerte grün-rötlich, obwohl sie äußerlich ruhig wirkte. Doch Laura bemerkte ihre Angespanntheit. Sie hatte Angst, nicht die richtigen Worte zu finden und in dieser schwierigen Situation als Psychologin schlecht dazustehen.

Rebeccas Aura tendierte ins Violette – sie war ruhig, hatte

aber gleichzeitig Angst. Laura spürte genau, dass sich Rebecca Sorgen um sie machte und dass sie alles getan hätte, um ihr zu helfen.

Becky, ich bin ganz nah bei dir … Du bräuchtest nur deine Hand auszustrecken, um mich zu berühren. Ich bin völlig verzweifelt! Ich habe keine Ahnung, wie ich diese Fremde aus meinem Körper vertreiben kann!

Andys Aura war blau, er konzentrierte sich auf das Gespräch und bemühte sich, kein Wort zu verpassen. Laura merkte ihm seine Anspannung an. Er versuchte, Fäden zu verknüpfen und aus Hinweisen Schlussfolgerungen zu ziehen. Seine Gefühle hatte er weitgehend ausgeblendet.

Ganz im Gegensatz zu Jeff. Wut, Hass, Empörung … Er schien völlig durcheinander zu sein und sich nur mühsam zu beherrschen. Laura hätte gern gewusst, auf wen er wütender war: auf sie, weil sie ihn mit Mark betrogen hatte, oder auf Sophia, weil sie ihren Körper besetzt hatte …

Jeff, verzeih mir! Ich werde alles wiedergutmachen … sobald … sobald ich kann …

Doch er hörte ihre Botschaft nicht. Er starrte Sophia an.

»Wir werden natürlich überprüfen, ob Sie uns die Wahrheit gesagt haben, Miss Rodriguez«, kündigte Rutherford an.

Laura sah, wie sich der graue Schein um Dr. Crane ausdehnte und unruhig waberte.

»Ich werde gleich morgen früh im St. Joseph's Hospital anrufen«, sagte er.

4

Gegen Mittag hatte es wieder angefangen zu schneien. Rutherford fuhr vorsichtig, da die Straßen noch nicht geräumt worden waren. Die Schneeflocken schwebten wie kleine Wattebäusche durch die Luft. Vor der Einfahrt eines Wohnhauses hatten Kinder einen Schneemann gebaut.

Crane saß stocksteif auf dem Beifahrersitz und sagte kein Wort. Zwischen seinen Augen hatte sich eine tiefe Falte gebildet. Rutherford schaute prüfend in den Rückspiegel. Jeff saß am Steuer des roten Ford, der eigentlich Laura gehörte, und fuhr dicht hinter ihnen. Als er Rutherfords Blick bemerkte, hob er den Daumen und nickte. Alles in Ordnung.

Dr. Crane hatte Sophia ein Beruhigungsmittel verabreicht, woraufhin sie eingenickt war. Seit gestern Nacht war sie zweimal durchgedreht und hatte wild um sich geschlagen, weil die neue Situation sie offenbar überforderte. Inzwischen hatte sie auch nur noch wenig Lust, auf die Fragen zu antworten. Rutherford und Crane befürchteten, dass sie die erste Gelegenheit nutzen würde, um zu fliehen, und das wollten sie um jeden Preis verhindern.

Sophia war viel zu wichtig für die Ermittlungen im Mordfall Fletcher, und sie konnte nur auf diese Weise mit ihnen kommunizieren. Davon abgesehen stellte die momentane Sachlage selbst Rutherford vor ein Rätsel. In der parapsychologischen Fachliteratur war bisher nie die Rede davon gewesen, dass der Körper während einer OBE von einer fremden

Person eingenommen werden konnte. Wenn es ihm gelang, dieses Phänomen genau nachzuvollziehen, bedeutete das vielleicht einen Durchbruch in seiner Forschung. Rutherford sah sich schon in Gedanken eine Rede für die alljährliche Konferenz der Parapsychologen vorbereiten.

Natürlich hatten er und Crane fieberhaft überlegt, was man tun könne, um Laura in ihren Körper zurückzuholen. Aber sie waren sich einig, dass das nur klappen würde, wenn Sophia Lauras Körper verließ. Crane hatte eine Hypnose in Betracht gezogen, eventuell auch die Hilfe eines Reinkarnationstherapeuten. Letztlich waren Rutherford und Crane aber zu dem Schluss gekommen, dass man nichts überstürzen dürfe, um keinen Fehler zu machen.

»Da vorne ist es«, sagte Crane jetzt.

Das St. Joseph's Hospital war ein unansehnlicher Betonklotz und wirkte im Vergleich zu den anderen Häusern wie ein Fremdkörper. Die Schule, in der Sophias Verlobter David Fisher unterrichtete, lag nur ein paar Hundert Meter entfernt. Auf diese Weise konnte er Sophia jederzeit besuchen und war immer erreichbar für den Fall, dass sie aus dem Koma aufwachte.

Rutherford und Crane stiegen aus und sprachen kurz mit Rebecca, Jeff und Andy, die wie abgesprochen im Auto warten sollten. Sophia saß neben Andy auf dem Rücksitz und betrachtete fasziniert die Löcher in ihrer Jeans. Nachdem Dr. Crane sich vergewissert hatte, dass das Mittel noch wirkte, gingen er und Rutherford zum Eingang.

Es war ein kleines Krankenhaus, und obwohl es innen sauber und das Personal freundlich war, machte es auf Rutherford einen heruntergekommenen Eindruck. Eine triste, bedrückende Atmosphäre …

Auf der Station spulte Crane noch einmal die gleiche Geschichte ab, die er bereits vor einigen Stunden am Telefon erzählt hatte. Er gab sich als Dr. Schuster aus und behauptete, er käme von der Ärztekammer. Er habe den Auftrag, zu prüfen, ob Miss Rodriguez wegen eines Behandlungsfehlers ins Koma gefallen sei.

»Ich habe Dr. Stewart aus New York City mitgebracht.« Er wies auf Rutherford. »Er ist Spezialist für ALS und wird mir bei der Erstellung des Gutachtens behilflich sein.«

Rutherford nickte.

Die hübsche blonde Krankenschwester schien jedoch keine Sekunde an Cranes Worten zu zweifeln. Sie schenkte den beiden Männern ein bezauberndes Lächeln, und wenig später fanden sie sich vor der Tür zu Sophias Zimmer wieder.

»Eine Sekunde, Dr. Schuster, ich bringe Ihnen Miss Rodriguez' Krankenakte«, säuselte die Schwester und verschwand.

»Christopher, Sie lügen mit einer solchen Eloquenz, dass ich mich frage, ob Sie das öfter tun«, sagte Rutherford.

Crane hüstelte verlegen. »Ich hätte es selbst nicht für möglich gehalten, dass es so einfach ist. Sie wollte nicht einmal meinen Ausweis sehen …«

Behutsam öffnete er die Tür.

Das kleine Zimmer war überraschend freundlich. Die Wände waren gelb gestrichen und hatten denselben Farbton wie die halb zugezogenen Vorhänge. Es befand sich nur ein einziges Bett im Raum. Die Patientin, die darin lag, schien zu schlafen, aber die zahlreichen Geräte ringsum verrieten, wie kritisch ihr Gesundheitszustand war.

Rutherford und Crane traten an ihr Bett. Sophia Rodriguez

war eine wunderschöne Frau, obwohl die schwere Krankheit bereits Spuren hinterlassen hatte. Ihr Teint war olivfarben, und das Gesicht mit den hohen Wangenknochen wirkte wie modelliert. Das lange, schwarze Haar lag glatt auf den Kissen. Rutherford hätte zu gerne ihre Augen gesehen, doch sie waren geschlossen. Ein Plastikschlauch, mit dem die Patientin beatmet wurde, steckte in ihrem Mundwinkel und war festgebunden, damit er nicht verrutschte.

Rutherfords Blick wanderte zu den schmalen Armen. Sie waren dünn – zu dünn für eine erwachsene Frau.

»Sie wird über eine Magensonde ernährt«, sagte die Krankenschwester, die eben eingetreten war und Crane die Krankenakte überreichte. »Trotzdem verliert sie ständig an Gewicht.«

»Danke«, sagte Crane und schlug die Akte auf.

»Sie können gerne Platz nehmen.« Die Krankenschwester deutete auf den kleinen Tisch mit den beiden Holzstühlen. Dann ging sie zum Fenster und zog die Vorhänge ganz zurück. Trotzdem wurde es kaum heller im Zimmer. Die Wolken hingen tief, und es schneite noch immer.

Während Crane in der Akte blätterte, starrte Rutherford auf den Monitor. Eine grüne Linie zeichnete Sophias Herz-schlag nach. Gleichzeitig ertönte ein regelmäßiges Piepsen.

»Ihr Kreislauf ist stabil«, sagte die Krankenschwester, der Rutherfords Blick nicht entgangen war. Dann entschuldigte sie sich, sie habe leider viel zu tun, zwei ihrer Kolleginnen seien krank.

»Wenn Sie Fragen haben oder mich brauchen, drücken Sie einfach auf den Rufknopf«, sagte sie, bevor sie den Raum verließ.

»Und, Christopher?« Rutherford war mit zwei Schritten bei Crane und versuchte, Einblick in die Akte zu nehmen.

»Sophia hat die Wahrheit gesagt.« Dr. Crane deutete auf ein Blatt. »In diesem Bericht steht, dass man in ihrem Blut Spuren eines unbekannten Medikaments gefunden hat. Das war gleich nachdem sie ins Koma gefallen war.«

Rutherford dachte nach. Wenn diese Auffälligkeit in Sophias Akte vermerkt war, dann waren wahrscheinlich nicht alle Ärzte der Klinik in Rochester eingeweiht. Aber Fletcher musste dort Verbündete gehabt haben …

In diesem Moment ging die Tür auf, und ein junger Mann kam herein. Er hatte ungekämmtes hellbraunes Haar, das an den Schläfen bereits silbern schimmerte, und trug eine randlose Brille. In seiner Hand hielt er einen Blumenstrauß, der fast genauso aussah wie die beiden Sträuße, die bereits auf der Fensterbank standen.

»Oh …« Als er Crane und Rutherford sah, blieb er überrascht stehen. »Ich wusste nicht, dass Sophia schon Besuch hat … Ich bin David Fisher, ihr Verlobter.«

Crane stellte sich wieder als Dr. Schuster vor. Rutherford fühlte sich unbehaglich, aber er musste das Spiel jetzt mitspielen.

»Ich bin Dr. Stewart aus New York City, Spezialist für ALS.«

»Angenehm.«

Sie schüttelten sich die Hände. David Fisher schien keine Sekunde lang an der Identität der beiden zu zweifeln. Er hatte auch kein Interesse an einem längeren Gespräch. Seine ganze Aufmerksamkeit galt Sophia. Nachdem er der Schwester, die wieder ins Zimmer gekommen war, den Blumenstrauß in die Hand gedrückt und sie gebeten hatte, eine Vase zu besorgen, zog er sich einen Stuhl heran und setzte sich an Sophias Bett. Vorsichtig drückte er ihr einen Kuss auf die Wange und streichelte ihre Hand.

»Wie geht es dir, Liebes? Heute haben zwei Schüler nach dir gefragt, und ich soll dir Grüße bestellen. Ich habe ihnen gesagt, dass du erst mal wieder etwas zu Kräften kommen musst, aber vielleicht kannst du ja beim Sommerfest dabei sein. Deine Schüler vermissen dich wirklich.«

Er benahm sich so, als könnte Sophia jedes Wort verstehen. Crane und Rutherford sahen sich an. David redete energisch und voller Optimismus auf Sophia ein. Für ihn schien es keinen Zweifel zu geben, dass Sophia in absehbarer Zeit wieder gesund werden würde. Er schien die Maschinen und das Beatmungsgerät, die Sophia am Leben hielten, vollkommen zu ignorieren.

Rutherford, der wusste, wie weh es tat, einen Menschen zu verlieren, hatte Tränen in den Augen. Seine erste Frau war bei einem Unfall gestorben, sie war von einem Tag auf den anderen aus dem Leben gerissen worden …

Schließlich räusperte sich Crane. »Entschuldigung, Mr. Fisher, aber wir hätten da noch ein paar Fragen.«

Der junge Mann drehte ihm den Kopf zu und lächelte, als wäre er gerade in einer anderen Welt gewesen. Dann stand er auf.

»Gerne. Aber lassen Sie uns lieber draußen auf dem Gang reden.«

»Wie Sie wünschen«, antwortete Crane steif.

Als sie auf dem Flur standen, teilte David ihnen im Flüsterton mit: »Es heißt, dass Komapatienten alles mitbekommen. Ich will nicht, dass Sophia hört, wenn wir über sie sprechen, und das dann vielleicht falsch auffasst.«

Rutherford und Crane erfuhren, dass Sophia früher an derselben Schule wie David unterrichtet hatte. Nach der Diagnose hatte sie ihren Job aufgeben müssen. Trotzdem war sie noch so oft wie möglich in die Schule gekommen, um die Kinder zu sehen.

»Sie müssen wissen, dass unsere Schüler aus sozial schwachen Familien kommen«, sagte David. »Sophia hat ein großes Herz. Sie ist selbst in armen Verhältnissen aufgewachsen. Sie war die Erste in ihrer Familie, die studiert hat. Ihre Eltern waren so stolz auf sie.«

»Das alles tut uns sehr leid«, meinte Rutherford. Dann blickte er David prüfend ins Gesicht. »Wir haben vorhin gehört, was Sie zu Ihrer Verlobten gesagt haben. Sie wissen, dass es bei ALS keine Heilung gibt?«

»Im Moment noch nicht«, erwiderte David und rückte seine Brille zurecht. »Aber es ist wichtig, an die Selbstheilungskräfte ihres Körpers zu appellieren. Wir haben uns angewöhnt, positiv zu denken …«

»Es heißt, dass Wescott Pharma dabei ist, ein neues Medikament zu entwickeln«, sagte Crane.

David räusperte sich. »Davon … äh … weiß ich nichts … Es wäre schön, wenn endlich Fortschritte bei der Behandlung der Krankheit erzielt werden würden.«

»Ich dachte, Sie kennen Dr. Fletcher«, hakte Crane nach. »Henry war ein alter Bekannter von mir. Er war sehr zuversichtlich, was seine Forschungen anging.«

Rutherford war überzeugt, dass Professor Fletcher Crane niemals in seine geheimen Forschungen eingeweiht hätte. Sicher war es nur eine weitere Lüge, die Crane leicht und mühelos über die Lippen kam, um David zum Reden zu bringen. Doch dann kamen Rutherford auf einmal Zweifel.

Wie gut hatten sich Fletcher und Crane wirklich gekannt? Konnte es sein, dass Crane mehr wusste, als er ihm gegenüber zugab?

»Dr. Fletcher, ja … Sophia hatte tatsächlich Kontakt mit ihm«, redete David stockend weiter. »Er … er machte uns Mut. In unserer Situation durften wir nicht wählerisch sein. Fletcher … erschien uns … wie ein Geschenk des Himmels. Sophia glaubte fest daran, dass ihr das neue Mittel helfen würde. Und zuerst sah es ja auch so aus …« David schluckte. Seine Stimme veränderte sich, wurde rauer. »Wahrscheinlich ein reiner Placeboeffekt. Das Mittel konnte Sophias Krankheit nicht heilen. Es hat sie nur eine Zeit lang aufgehalten. Aber dann hat Sophia plötzlich einen neuen Schub bekommen …«

»Glauben Sie, dass das Mittel etwas damit zu tun hat, dass Ihre Verlobte jetzt im Koma liegt?«, fragte Rutherford.

»Die Ärzte … in Rochester haben das ausgeschlossen …« Davids Hand zitterte. Wieder schob er seine Brille zurecht.

Rutherford fiel auf, wie dünn sein Haar bereits war, dabei war der Mann höchstens Anfang dreißig. »Und was denken Sie selbst?«

»Ich bin kein Mediziner.« David hob die Schultern. »Ich muss glauben, was man mir sagt. Ich kenne mich nicht aus.« Er sah zur Tür. »Ich bin jedenfalls froh, dass Sophia jetzt hier im St. Joseph's Hospital ist. Da kann ich sie viel öfter sehen. Vielleicht hilft ihr meine Gegenwart, aus dem Koma zu erwachen. Sie muss doch spüren, wie sehr ich sie liebe.«

Rutherford war beeindruckt. Was nahm dieser Mann alles auf sich! Es musste wirklich eine große Liebe sein …

Eine wichtige Frage hatte Rutherford noch. »Sie haben sicher gehört, dass Fletcher ermordet worden ist?«

»Ja … klar … natürlich.« David seufzte. »Ich habe davon in der Zeitung gelesen. Die Schlagzeilen waren ja nicht zu übersehen.« Er sah auf die Uhr. »Bitte entschuldigen Sie mich jetzt, aber ich muss in die Schule zurück. Wir haben ein neues Projekt angefangen, und ich muss noch den Unterricht für morgen vorbereiten.«

Crane bedankte sich für das Gespräch, und David verabschiedete sich. Er war schon ein paar Schritte gegangen, als er noch einmal umkehrte und zurückkam.

»Sie denken doch an Sophia?«, wandte sich David an Rutherford. »Sie als Spezialist erfahren sicher zuerst, wenn es etwas Neues über ALS gibt … Irgendwann muss doch etwas gegen die Krankheit gefunden werden!«

»Ich werde Sie auf dem Laufenden halten«, sagte Rutherford.

David lächelte ihn dankbar an. Dann eilte er in Richtung Treppenhaus.

5

Jeff trommelte auf das Lenkrad. Auf der Windschutzscheibe lag schon eine dünne Schneeschicht, und er schaltete kurz den Scheibenwischer ein, um wieder eine bessere Sicht auf das Krankenhaus zu haben. Vom Parkplatz aus konnten sie den Eingang im Auge behalten. Rutherford und Crane waren jetzt schon eine halbe Stunde im Krankenhaus, und Jeff fragte sich, ob sie etwas erfahren hatten.

Sophia, die die ganze Zeit benommen vor sich hin gestarrt hatte, war auf der Rückbank eingedöst. Auch Andy lehnte müde in der Ecke. Rebecca gähnte ebenfalls. Das Warten vor dem Krankenhaus war ziemlich öde. Ein paar Schulkinder rannten an ihnen vorbei und bewarfen sich gegenseitig mit Schneebällen.

»Ob es noch lange dauert?«, fragte Rebecca, die auf dem Beifahrersitz saß.

»Keine Ahnung.« Jeff lehnte sich nach vorne. Jetzt ging die Eingangstür auf, aber es war nur eine ältere Frau, die herauskam und zu ihrem Wagen ging. Jeff seufzte.

»Denkst du auch an Laura?«, wollte Rebecca wissen.

Jeff sah aus dem Fenster. »Danke, dass du mich an sie erinnerst. Ich hatte ausnahmsweise mal eine Minute *nicht* an das gefühllose Miststück gedacht.«

Rebecca sah ihn streng an. »Sag so was nicht!«

»Warum nicht? Willst du sie etwa in Schutz nehmen? Wer zweigleisig fährt, der ist für mich einfach ein Miststück, tut mir leid.«

»Ich verstehe ja auch nicht, wie sie so etwas tun konnte.« Rebecca biss sich auf die Lippe. Dann fügte sie leise hinzu: »Ein Miststück ist sie trotzdem nicht, und ich weiß, dass sie viel für dich empfindet.«

Jeff schnaubte verächtlich durch die Nase.

»Vielleicht hört sie uns ja gerade zu«, meinte Rebecca.

»Kannst du sie etwa sehen?«, fragte Jeff ironisch.

»Natürlich nicht.«

»Und wenn sie alles mit anhört – das ist mir auch egal.« Jeff fuhr sich wütend durch die Haare. Seine Stimme wurde lauter. »Sie soll ruhig wissen, was ich über sie denke. Laura ist für mich gestorben!«

»Schrei mich nicht an«, fauchte Rebecca. »Ich kann nichts dafür.«

Sie schwiegen. Wieder ging die Eingangstür des Krankenhauses auf. Diesmal kam ein Mann heraus. Sein Jackett hing etwas schief, und er schien es eilig zu haben. Mit großen Schritten überquerte er den Parkplatz und entfernte sich in entgegengesetzter Richtung.

»David!«, ertönte plötzlich ein erstickter Schrei von der Rückbank. Und ehe Jeff oder Rebecca reagieren konnten, hatte Sophia die Autotür geöffnet und war ins Freie gestolpert. »David, hier bin ich!«

»Halt!« Rebecca wollte ihr nach, aber in der Aufregung verhedderte sie sich im Sicherheitsgurt und verlor wertvolle Sekunden, bis sie sich befreit hatte.

Jeff rutschte beim Aussteigen auf dem glatten Boden aus, fluchte und rappelte sich auf.

Inzwischen hatte Andy die Verfolgung aufgenommen. Die anderen sahen, wie er Sophia kurz vor der Eingangstreppe erreichte und festhalten wollte. Sophia wirbelte herum und versetzte ihm eine heftige Ohrfeige, sodass Andy taumelte und fast gestürzt wäre.

»David!«

Aber David Fisher war zu weit weg, um sie zu hören. Er reagierte nicht. Sophia stürmte mit großen Schritten hinter ihm her.

»Andy, halt sie fest!«, rief Rebecca, die an Jeffs Seite über den Parkplatz spurtete.

Andy schaute zögernd in ihre Richtung und hielt sich die Nase. Er blutete, Sophias Ohrfeige hatte gesessen.

»Verdammt!« Jeff blieb abrupt stehen. Er konzentrierte all seine Gedankenkräfte auf ein einziges Ziel.

Fall hin!

Sophia stolperte über einen Eisklumpen, ruderte mit den Armen und schlug hart auf dem Asphalt auf. Reglos blieb sie liegen.

Rebecca sah Jeff an. Dann, ohne ein Wort zu sagen, rannten die beiden zu Sophia. Andy kam gleichzeitig mit ihnen an.

»Ich glaube, sie ist bewusstlos«, sagte Rebecca. »Sie ist auf den Kopf gefallen.«

Jeff kniete sich neben Sophia in den Schnee und drehte sie vorsichtig um. Ihr Gesicht war bleich, an der Schläfe hatte sie einen Kratzer. Sie stöhnte.

»Sie kommt schon wieder zu sich«, stellte Jeff fest. Er schob vorsichtig seinen Arm unter die Verletzte und half ihr, sich aufzusetzen.

Als sie die Augen aufschlug, wusste Rebecca sofort, dass es Laura war. Sie sah es an ihrem Blick.

Laura blinzelte und hielt den Kopf schief.

»Oh Gott, was ist passiert? Ich … ich bin wieder in meinem Körper … oh …«

»Kannst du aufstehen?«, fragte Jeff.

Laura versuchte es. Er zog sie hoch. Ein wenig wackelig kam Laura zum Stehen. Jeff ließ sie los und trat einen Schritt zurück. Laura sah sich verwirrt um, aber dann wurde sie von Rebecca umarmt.

»Oh, Laura, ich bin so froh, dass du wieder da bist! Es war wie ein schrecklicher Albtraum …«

Auch Andy umarmte Laura, während er ein Taschentuch auf seine blutende Nase presste.

»Andy, es tut mir so leid …«, stammelte Laura. »Ich hab alles gesehen … ich hab dich nicht geohrfeigt, es war Sophia!«

»Kein Problem«, murmelte Andy. »Hauptsache, du bist wieder bei uns. Ist Sophia weg?«

Laura nickte. »Danke, Jeff«, sagte sie und suchte seinen Blick. »Ich habe deinen Energiestrahl genau gesehen. Du hast Sophia zu Fall gebracht und dafür gesorgt, dass sie meinen Körper verlässt. Ich konnte endlich zurück.«

»Schon okay«, murmelte Jeff.

»Es tut mir alles so schrecklich leid!« Laura sah ihn an.

»Ich bin ja auch froh, dass du wieder da bist.«

»Lass uns später reden, ja?«

Jeff presste die Lippen zusammen. »Wüsste nicht, was wir uns noch zu sagen haben.«

Lauras Pupillen wurden groß. »Heißt das …« Sie beendete den Satz nicht.

»Genau.« Jeff wandte sich ab und starrte auf seine Turnschuhe.

Laura schniefte. Sie wischte sich wieder übers Gesicht.

»Du blutest«, sagte Rebecca und schob vorsichtig Lauras Locken zur Seite. »Ich glaube, da ist eine Wunde …«

Aber Laura starrte nur Jeff an. Er ignorierte sie.

»Da vorne kommen Rutherford und Crane«, sagte er. »Mal sehen, was sie Neues zu berichten haben.«

»Die werden froh sein, wenn sie hören, dass Laura wieder da ist«, meinte Rebecca. Sie zog fröstelnd die Schultern hoch. »Wir sollten zurück zum Wagen gehen.«

Rutherford war erleichtert, als er erfuhr, was passiert war.

»Deine Wunde muss genäht werden«, sagte er dann. »Das machen wir im Institut. Dort erzählen wir euch auch in Ruhe, was wir im Krankenhaus erfahren haben.«

»Muss das wirklich genäht werden?«, fragte Laura erschrocken. »Reicht nicht ein Pflaster?«

»Mit Kopfwunden ist nicht zu spaßen«, erwiderte Crane knapp. »Keine Sorge, du wirst die zwei, drei Stiche schon aushalten. Es tut nicht sehr weh.«

Laura schnitt eine Grimasse, als sie ins Auto stieg. Sie kletterte wieder auf die Rückbank neben Andy, während sich Jeff ans Steuer setzte und schweigend den Wagen startete.

Die Stimmung war angespannt. Auch Rebecca und Andy merkten, dass zwischen Jeff und Laura dicke Luft herrschte. Um die peinliche Stille zu überbrücken, schaltete Rebecca den CD-Player an. Im Player steckte noch eine CD.

»Ist Bob Dylan okay?«, fragte Rebecca.

Laura antwortete nicht. Rebecca drückte auf die Starttaste.

»*The lover who just walked out your door*
Has taken all his blankets from the floor
The carpet, too, is moving under you
and it's all over now, baby blue.«

Als Jeff in den Rückspiegel blickte, sah er, wie Laura Tränen übers Gesicht liefen. Er schluckte. Dann konzentrierte er sich auf die Straße. Es schneite noch immer.

6

Eigentlich hatte Rutherford längst Feierabend machen wollen. Der Tag war anstrengend genug gewesen, und seine Frau hatte schon zweimal angerufen, weil sie mit dem Abendessen auf ihn wartete. Beim zweiten Mal war sie ziemlich sauer gewesen.

»Bist du mit der *Oakwood-Schule* verheiratet oder mit mir? Ich fahre jetzt zu Jackie. Wenn du heimkommst, dann kannst du dir ja was in der Mikrowelle warm machen.«

»Helen –«

Aber sie hatte schon aufgelegt. Rutherford starrte das Telefon an und schüttelte den Kopf. Streit mit seiner Frau war jetzt das Letzte, was er brauchen konnte. Sein Kopf war sowieso schon voll genug.

Vor ihm lagen einige eng beschriebene Blätter mit Notizen. Rutherford hatte alle Einzelheiten des Nachmittags festgehalten und einige Stichpunkte mit Interpretationen versehen. Jetzt saß er am Schreibtisch, rieb sich die Schläfen, weil er leichte Kopfschmerzen hatte, und starrte auf seine Papiere, als stünde darauf die Lösung zum Mordfall Fletcher. Mindestens genauso interessierte es ihn aber, wie es dazu kommen konnte, dass Sophia Lauras Körper besetzt hatte.

Er war sehr erleichtert, dass Laura zurückgekehrt war. Nicht auszudenken, wenn er vor Lauras Eltern hätte rechtfertigen müssen, dass Laura verschwunden und eine Fremde in ihrem Körper war. Laura/Sophia wäre mit Sicherheit in der Psychiatrie gelandet, es hätte Nachforschungen gegeben, und unter Umständen wäre auch die Existenz des Instituts gefährdet gewesen. Aber zum Glück hatte Jeff ja durch seinen Einsatz Sophia aus Lauras Körper vertrieben …

Jeff … Vielleicht hatte er ihm Unrecht getan. Der Vorfall heute Nachmittag wies darauf hin, dass Jeff in manchen Situationen durchaus in der Lage war, seine telekinetischen Kräfte zu kontrollieren. Er musste unbedingt mit ihm sprechen und ihn wieder in das Team aufnehmen. Jeff hatte es verdient.

Es klopfte.

»Ja?« Rutherford blickte zur Tür.

Dr. Crane trat ein, und in diesem Augenblick wurde Rutherford klar, dass er mit diesem Besuch gerechnet, ja unbewusst darauf gewartet hatte. Deswegen war er noch nicht nach Hause gefahren. Manchmal hatte er das Gefühl, dass auch er eine paranormale Fähigkeit besaß, wenn sie bei ihm auch nur sehr schwach ausgeprägt war. Er lächelte bei dem Gedanken.

»Gut, dass ich Sie noch antreffe, Kenneth«, sagte Crane, der etwas auf dem Herzen zu haben schien.

»Setzen Sie sich.« Rutherford deutete auf einen Stuhl. »Wie geht es Laura?«

»Den Umständen entsprechend sehr gut«, antwortete Crane. »Ich habe ihre Wunde gesäubert und genäht. Sie ist allerdings fast ausgeflippt, als ich ihr an der verletzten Stelle ein paar Haare abrasieren musste. Vorsichtshalber habe ich ihr auch eine Tetanusspritze gegeben.«

Rutherford nickte. »Laura sollte unbedingt mit Rachel über ihr Erlebnis sprechen. Es ist sehr wichtig, dass sie diese Erfahrung verarbeitet. – Aber was wollten Sie mir erzählen, Christopher? Warum sind Sie gekommen?«

Crane druckste herum. Dann sah er Rutherford ins Gesicht. »Ich habe Sie angelogen.«

»Ich verstehe nicht. Was meinen Sie?«

»Ich habe Ihnen doch von der Klinik erzählt, in der Henry und ich früher gearbeitet haben …«

»Die Klinik in New Jersey?«

»Genau.« Crane schluckte. »Die Daten in meinem Lebenslauf … waren nicht ganz korrekt. Das mit meinem Sabbatical ... stimmt nicht. Ich habe genauso lange in der Klinik gearbeitet wie Professor Fletcher. Wir wurden zusammen entlassen.«

Rutherford hatte von Anfang an ein ungutes Gefühl gehabt, seit er von dem Medikamentenskandal erfahren hatte. Aber dass Crane bewusst falsche Angaben in seinem Lebenslauf gemacht hatte, hätte er nicht gedacht. Er sah Crane ernst an.

»Dann wussten Sie also von den verseuchten Medikamenten?«

»Nein … ja … nicht wirklich.« Cranes Stimme klang heiser. »Natürlich gab es in der Klinik eine entsprechende Rundmitteilung, dass das Medikament zurückgerufen wird, aber wer liest schon alles? Ich habe damals achtzig Stunden in der Woche gearbeitet und nach zwei Schichten am Stück war ich einfach fertig … Ich weiß, das ist keine Entschuldigung.« Er war zum Schluss immer leiser geworden.

»Allerdings«, sagte Rutherford.

»Ich weiß, was Sie jetzt denken«, murmelte Crane schuldbewusst. »Es tut mir leid. Ich hätte Ihnen von Anfang an die Wahrheit sagen müssen.«

»Ihre Einsicht kommt reichlich spät.« Rutherford spielte mit seinem Stift. »Sie haben sich einiges geleistet, Christopher.

Das eigenmächtige Handeln vor Weihnachten, als Sie Rebecca so unter Druck gesetzt haben. Und dann dies hier. Spätestens, als Sie mir erzählt haben, dass Sie mit Fletcher zusammengearbeitet haben, hätten Sie mir reinen Wein einschenken müssen. Wie kommt es, dass Ihnen die Zulassung als Arzt nicht entzogen worden ist? Oder sind Sie gar nicht vor Gericht gekommen?«

»Ich hatte einen sehr guten Rechtsanwalt«, erwiderte Crane, ohne Rutherford anzusehen.

Rutherford lächelte ironisch. »Der von Fletcher bezahlt worden ist?«

»Nein, von Wescott Pharma«, sagte Crane. »Damals hieß die Firma noch Wescott & Jones.«

Rutherford antwortete nicht. Auch noch Bestechung. Bis vor Kurzem hätte Rutherford seine Hand für Crane ins Feuer gelegt. Jetzt wusste er nicht mehr, was er denken sollte. Was würde noch alles herauskommen?

»Hatten Sie hinterher noch Kontakt zu Wescott?«

»Nein. Ich bin doch nach San Francisco gegangen, weil ich wirklich neu anfangen wollte.«

»Ach, dieser Punkt in Ihrem Lebenslauf stimmt also.«

»Sonst stimmt alles – bis auf das Jahr, das ich in Europa verbracht habe«, sagte Crane stockend. »Ich habe Europa erst später besucht, in meinem Urlaub.«

»Christopher, Sie wissen, dass Sie mein Vertrauen missbraucht haben.«

»Das ... das tut mir alles so leid. Werden Sie mich entlassen?«

Rutherford schüttelte den Kopf. Vielleicht traf er jetzt die falsche Entscheidung. Er holte tief Luft. »Sie haben hier bisher sehr gute Arbeit geleistet, und ich kann es mir derzeit nicht leisten, einen so wichtigen Mitarbeiter zu verlieren. Aber seien Sie gewarnt! Ich werde in der nächsten Zeit ein Auge auf Sie haben.«

»Danke, Kenneth.« Crane lächelte.

»Und jetzt erzählen Sie mir mehr über das Pharmaunternehmen.«

»Ich weiß auch nicht viel mehr, als in der Zeitung gestanden hat.«

»Sie haben doch bestimmt einiges von Ihrem Freund Fletcher erfahren.«

Crane schüttelte den Kopf. »Über seine Arbeit haben wir so gut wie nie gesprochen. Henry ist … er war ein sehr neugieriger Mensch, und die Forschung hat ihn immer interessiert. Es war sein Traum, einmal ein Mittel zu finden, das Menschen wirklich helfen kann. Genauso, wie er sich Hilfe für seinen Sohn Sam gewünscht hat.«

»Wescott hat Fletcher bestimmt gut bezahlt«, meinte Rutherford.

Crane überlegte. »Ich könnte Henrys Schwester Winifred anrufen. Die beiden standen sich sehr nahe. Vielleicht hat Henry seiner Schwester mehr über seine Beziehung zu Wescott Pharma erzählt.«

»Halten Sie es denn für denkbar, dass das Pharmaunternehmen etwas mit dem Mord zu tun hat?«, fragte Rutherford. Das war eine der Theorien, die er während des Nachmittags aufgestellt hatte.

»Möglich ist alles …«

7

»Ach, hier bist du.« Rebecca war außer Atem, als sie sich neben Andy an den Tisch setzte. »Ich hab dich überall gesucht. Warum warst du nicht bei der Besprechung?«

Andy klappte das Buch zu. Er informierte sich gerade über Autismus, weil ihn das Thema interessierte und er noch mehr darüber wissen wollte. »Welche Besprechung?«

»Laura hat dir doch eine SMS geschickt, dass wir uns um zwölf bei Dr. Crane treffen.«

Andy schüttelte den Kopf. »Mein Akku ist leer, und ich war die ganze Zeit hier in der Bibliothek. – Hab ich was verpasst?«

»Es gibt Neuigkeiten.« Rebeccas Augen blitzten. »Also, das Wichtigste zuerst: Jeff ist wieder im Team.«

»Freut mich«, sagte Andy. »Das hat er auch wirklich verdient. Ich fand es sowieso unfair, dass Rutherford ihn ausgeschlossen hat. Jeff ist gut. Unsere besonderen Fähigkeiten lassen sich nicht immer steuern. Wir funktionieren eben nicht auf Knopfdruck.«

»Wem sagst du das.« Rebecca seufzte. »Jeff hat sich natürlich gefreut. Aber zwischen ihm und Laura ist dicke Luft. Laura hat die halbe Nacht geheult.«

»Sie ist nach so einem Erlebnis mit den Nerven fertig, das kann doch jeder verstehen. – Mensch, ich dachte, sie und Jeff würden sich wieder versöhnen – besonders jetzt, nachdem Laura so was Schlimmes durchgemacht hat.«

»Na ja …« Rebecca zögerte. »Laura hat auch ziemlichen

Mist gebaut, weil sie sich nicht zwischen Mark und Jeff entscheiden konnte. Aber das wollte ich dir jetzt gar nicht erzählen. – Stell dir vor, Crane hat gestern Abend lange mit Fletchers Schwester telefoniert. Er hat erfahren, dass Fletcher nach der Sache mit Sophia Gewissensbisse bekam und bei Wescott aussteigen wollte. Die Firma hat ihm sehr viel Geld angeboten, damit er weitermacht. Als sich Fletcher trotzdem weigerte, hat Martin Wescott ihn telefonisch terrorisiert. Das hat Fletchers Schwester der Polizei gar nicht erzählt. Sie wollte nämlich nicht, dass herauskommt, dass ihr Bruder illegale Tests gemacht hat.«

»Gehört Martin Wescott die Firma?«

Rebecca nickte. »Martin Wescott junior ist der Sohn des Inhabers von Wescott & Jones, der Firma, die damals für den Aids-Skandal verantwortlich war. Durch den Skandal verloren Martin Wescott senior und auch sein Geschäftspartner Jones sehr viel Geld. Und obendrein natürlich ihren guten Ruf. Jones stieg aus der Firma aus. Wescott senior ging kurz darauf in den Ruhestand, und sein Sohn übernahm die Firma. Das neue Medikament gegen ALS ist sehr wichtig für ihn, damit will er die Firma retten. Und deswegen war er auch gegen Fletchers Ausstieg, der wegen der Nebenwirkungen des Mittels Bedenken hatte. Das Mittel gegen ALS ist Wescotts letzte Chance.«

»Aber deswegen bringt man doch niemanden um.«

»Wer weiß? Fletchers Schwester hat erzählt, dass erst mal Ruhe war, nachdem Henry mit einer einstweiligen Verfügung gegen Martin Wescott gedroht hatte. Sie meint, dass Henry das wahrscheinlich nie wirklich durchgezogen hätte, weil sonst ja auch die gesamte geheime Forschungsarbeit aufgeflogen wäre. Aber seine Drohung schien offenbar zu wirken. Jedenfalls kam kein einziger Anruf mehr von Wescott – bis zum Abend des Mordes.«

»Das ist allerdings interessant.« Andy war beeindruckt. Die Puzzleteilchen schienen immer besser zusammenzupassen, alles fügte sich langsam zu einem Bild.

»Fletcher hat dann ganz aufgeregt bei seiner Schwester angerufen und sich beklagt, dass der Telefonterror wieder losgeht«, erzählte Rebecca weiter. »Deswegen hat er beim Abendessen wahrscheinlich auch die Nerven verloren, und es kam zum Streit zwischen ihm und Sam.«

»Was überhaupt nicht bedeuten muss, dass Sam ihn deswegen gleich umgebracht hat.«

»Genau.« Rebecca beugte sich näher zu Andy. »Möglicherweise hat Wescott Fletcher noch am selben Abend besucht, obwohl die Nachbarin nichts gesehen hat. Wescott wollte Fletcher zwingen, weiterzumachen, Fletcher hat sich geweigert, und es kam zu einer Auseinandersetzung, bei der Wescott Fletcher getötet hat. Und Sam hat danebengestanden. Ein unerwünschter Zeuge. Deswegen hat Wescott Sam mitgenommen, damit er nichts ausplaudert.«

»So könnte es tatsächlich gewesen sein«, meinte Andy nachdenklich.

»Rutherford hat vorgeschlagen, dass wir heute Nachmittag zu Wescott Pharma fahren und versuchen, ob wir dort etwas herausfinden. Vielleicht hält Wescott Sam irgendwo auf dem Firmengelände gefangen.« Rebecca schluckte. »Wenn er ihn noch nicht umgebracht hat …«

Andy dachte an seinen letzten Kontakt mit Sam. In der Zwischenzeit konnte einiges passiert sein. »Hoffentlich ist es noch nicht zu spät.«

»Hoffentlich, Andy …«

8

»Was ist das denn für eine Bruchbude?« Laura stellte den Motor ab und zeigte auf das lang gestreckte Gebäude, das vor ihnen lag.

»Nicht gerade das, was man sich unter einem florierenden Unternehmen vorstellt«, sagte Jeff und öffnete die Beifahrertür. »Machen die so früh schon Feierabend?«

Das Gebäude wirkte verfallen. Die Fassade hätte schon längst einen Anstrich nötig gehabt, die Farbe war an vielen Stellen abgeblättert. Auf dem Mitarbeiterparkplatz standen nur zwei alte Autos, die auch schon bessere Zeiten gesehen hatten.

Rutherfords Wagen hielt neben Lauras rotem Ford. Diesmal war auch Rachel Morgenstern mitgekommen. Als sie ausstieg, lächelte sie Laura an.

»Hallo, Laura, wie geht's?«

»Ein bisschen müde«, gab Laura zu. »Das kommt wahrscheinlich von der Tetanusspritze, mit der mich Dr. Crane gestern unbedingt quälen musste. Dabei weiß ich genau, dass mein Impfschutz noch okay war. Nur weil ich meinen Impfpass nicht gefunden habe …« Ihr Blick wanderte zu Crane, der um den Wagen herumging. »Ich hasse Spritzen!«

»Sicher ist sicher«, sagte Rachel. »Mit Wundstarrkrampf ist nicht zu spaßen.«

Laura schnitt eine Grimasse. Sie betastete ihre Kopfwunde. Sie hatte ihre Haare so gekämmt, dass die rasierte Stelle nicht auffiel. Crane hatte ihr heute Mittag versichert, dass die Wunde gut heilte.

»Also, versuchen wir unser Glück.« Rutherford blickte aufmunternd in die Runde. »Hoffentlich treffen wir überhaupt jemanden an.«

An einem Pfosten war ein Messingschild befestigt, *Wescott Pharma, Inc.* Darunter befand sich eine Klingel.

Ohne zu läuten, marschierte Rutherford durch das offene Tor in den Hof. Dr. Crane und Rachel Morgenstern folgten ihm, danach kamen Rebecca, Laura, Jeff und Andy.

Hinter einer gläsernen Eingangstür befand sich die Pförtnerloge, in der ein Mann saß, der Laura auf Anhieb an Alan Cutter erinnerte. Er war genauso unsympathisch. Als Rutherford die Glastür öffnete, legte der Pförtner gerade den Telefonhörer auf und blickte den Ankömmlingen unfreundlich entgegen.

»Haben Sie einen Termin?«, fragte er und sah stirnrunzelnd zu, wie die sieben den Vorraum betraten und dabei Schneespuren hinterließen. »Was seid ihr denn für eine Delegation?«

»Guten Tag«, sagte Rutherford höflich. »Mein Name ist Dr. Michael Stewart, und das sind meine Kollegen Dr. Schuster und Dr. Rosenzweig. Wir kommen mit einer Gruppe angehender Pharmaziestudenten aus New York City, um Ihre Firma zu besichtigen. Ich hatte letzte Woche mit der Sekretärin von Mr Wescott telefoniert.« Er lächelte.

Der Pförtner brummte und blätterte in seinem Kalender. »Hier steht nichts von einem Termin.«

»Aber die Sekretärin hat mir den Termin ausdrücklich bestätigt«, behauptete Rutherford und sah demonstrativ auf seine Armbanduhr. »Vier Uhr. Wir sind pünktlich.«

Laura schnappte sich unterdessen eine der Broschüren, die neben der Eingangstür in einem Ständer steckten. Jeff ließ sich auf einen Ledersessel fallen, der für Gäste gedacht war, und streckte seine langen Beine aus.

»Mr Wescott ist heute nicht im Haus«, sagte der Pförtner. »Er hat sich ein paar Tage Urlaub genommen. Vielleicht haben Sie sich einen falschen Termin notiert.«

»Das ist jetzt ausgesprochen ärgerlich«, meinte Rutherford. »Ihr Unternehmen ist uns nämlich ausdrücklich empfohlen worden wegen der langen Firmentradition.«

Laura musste grinsen. Wenn es darauf ankam, war Rutherford ein perfekter Schauspieler.

»Ich verstehe, dass Sie verärgert sind«, entgegnete der Pförtner, aber weder Stimme noch Miene drückten Bedauern aus. »Aber ich kann Mr Wescott leider nicht herbeizaubern.«

»Wann kommt er denn wieder?«, erkundigte sich Rutherford.

»Wahrscheinlich nicht vor Ende nächster Woche.«

»Hm … das ist sehr schade.« Rutherford rieb sich das Kinn. »Haben Sie keine Handynummer, unter der Mr Wescott zu erreichen ist? Wir hätten ihm zumindest gerne ein paar Fragen gestellt.«

»Tut mir leid«, sagte der Pförtner barsch. »Mr Wescott will im Urlaub nicht gestört werden, und an die Anweisung halte ich mich. Aber Sie können mir Ihre Visitenkarte hierlassen, dann ruft er Sie an, wenn er wieder zurück ist.«

»Danke, wir melden uns«, sagte Rutherford. Er gab den anderen einen Wink, und sie verließen im Gänsemarsch den Vorraum – genau so, wie sie gekommen waren.

»Total schmieriger Typ«, sagte Jeff, als sie draußen waren.

»Komplette Fehlanzeige«, meinte Rebecca.

»Nicht ganz«, widersprach Dr. Crane. »Immerhin haben wir erfahren, dass Wescott momentan nicht da ist.«

»Das könnte ein Anzeichen dafür sein, dass er Sam tatsächlich in seiner Gewalt hat«, sagte Laura.

»Aber wo sind sie?«, fragte Andy. »Und wie lange wird er Sam noch am Leben lassen?«

Rutherford ließ seinen Blick über das Gebäude schweifen. »Vielleicht sind sie hier irgendwo auf dem Gelände. Die Firma ist ja ziemlich abgelegen. Womöglich wird Sam in einem der Lagerräume gefangen gehalten.«

»Aber wie finden wir das heraus?«, wollte Rebecca wissen. »Sollen wir heute Nacht hier einbrechen?«

»Es wäre viel einfacher für uns, wenn sich Laura umsehen könnte«, sagte Crane.

Rutherford und Rachel Morgenstern sahen Laura fragend an.

»Ich verstehe natürlich, wenn du nicht willst«, sagte Rachel sanft. »Nach deinem Erlebnis …«

Es war ihr Tonfall, der Laura auf die Palme brachte. Rachel redete mit ihr, als sei sie krank. Obwohl Laura schon beim Gedanken an eine OBE schlecht wurde, sah sie die Aufgabe als Herausforderung. Den Körper verlassen zu können war nun mal *ihre* besondere Fähigkeit, und sie wollte sich um jeden Preis als Mitglied des Spezialteams beweisen. Besonders jetzt, da Jeff wieder dazugehörte. Kneifen ging nicht …

»Okay«, sagte sie und lächelte. »Wo ist das Problem?«

9

»Willst du es wirklich probieren?«, fragte Rebecca besorgt.

»Klar«, entgegnete Laura. »Aber die Morgenstern will unbedingt, dass ich dazu in ihr Büro komme. Sie möchte mich unter Kontrolle haben. Wobei ich nicht weiß, was sie tun will, wenn Sophia meinen Körper wieder übernehmen sollte.«

»Du solltest lieber Jeff mitnehmen«, meinte Rebecca.

»Damit er mich noch mal k. o. schlägt?«, sagte Laura sarkastisch. »Danke, eine Platzwunde reicht mir.«

»Ihr solltet wirklich miteinander reden.« Rebecca runzelte die Stirn. »Euch endlich aussprechen.«

»Jeff hat kein Interesse daran, das hat er mir deutlich genug gesagt. Denkst du, ich laufe ihm nach?«

»Oh, Laura, darum geht es doch gar nicht …«

»Ich muss jetzt los.« Laura sprang von ihrem Bett auf. Dabei rutschte die Broschüre auf den Boden, die sie bei Wescott mitgenommen hatte. Rebecca hob das Heft auf und las halblaut vor:

»Wescott Pharma ist ein in Riverside (New York) ansässiges Traditionsunternehmen, das umfassende Leistungen auf dem Gebiet der pharmazeutischen Entwicklung und Herstellung bietet.« Sie holte Luft. *»Wescott Pharma entwickelt und produziert neue Produkte und bietet interessierten Firmen verschiedene Dienstleistungen an, wie beispielsweise Reinigung und Entsorgung, keimfreie Abfüllung, Prüfung und*

Unterstützung bei der behördlichen Zulassung. – Wow. Das klingt ziemlich wichtig, findest du nicht? Passt gar nicht zu dem, was wir heute Nachmittag gesehen haben.«

»Die Firma sah eher aus wie kurz vor dem Bankrott«, bestätigte Laura. Sie war schon an der Tür. »Drück mir die Daumen, dass es klappt und ich den armen Sam finde – und nicht nur seinem Geist begegne.«

Laura hörte noch, wie Rebecca ihr »Darüber macht man keine Witze!« nachrief. Dann war sie auf dem Gang und lief in Richtung Treppenhaus. Besonders wohl fühlte sie sich nicht. Viel lieber hätte sie die OBE von ihrem Bett aus versucht und nicht auf Rachel Morgensterns Liege. Laura seufzte.

Wenig später lag sie auf der schwarzen Couch der Psychotherapeutin und versuchte, sich zu entspannen. Dr. Morgenstern saß still daneben. Laura konzentrierte sich auf ihre Atmung. An der Wand, zu ihrer Rechten, hing eine große Grafik von Roy Lichtenstein, die Laura etwas irritierte. Es war, als sähe das Frauengesicht arrogant auf sie herab …

Wenn ich Jeff wäre, dann würde der Rahmen jetzt zersplittern!

Nicht denken. Einatmen. Ausatmen.

Einatmen.

Draußen war es schon dunkel. Nur die kleine Stehlampe in der Ecke brannte. Dr. Morgenstern hatte den Schein, so gut es ging, gedimmt, trotzdem spiegelte sich ein Lichtpunkt im Glas der Grafik, den Laura aus den Augenwinkeln wahrnahm. Jetzt schien er sich zu bewegen – genau wie die schwarze Fläche auf der Grafik. *Der Schatten!*

Laura schnellte keuchend hoch. Das Herz schlug ihr bis zum Hals.

»Was ist?«, fragte Rachel ruhig.

»Nichts …« Jetzt erkannte Laura ihren Irrtum und legte sich wieder hin. »Ich bin nur erschrocken, weil … weil … Können Sie vielleicht das Bild abnehmen?«

Rachel Morgenstern stand auf. Wenig später war dort, wo die Grafik gehangen hatte, eine weiße Fläche. Der Lichtpunkt war immer noch da.

Das Licht am Ende des Tunnels …

»Können Sie bitte die Stehlampe so stellen, dass der Schein nicht auf die Wand fällt?«

Langsam kam sich Laura blöd vor. Was für einen Eindruck musste Dr. Morgenstern von ihr bekommen. *Mein Gott, was für eine Zicke!*

»Möchtest du vielleicht eine Schlafbrille?«, fragte Rachel Morgenstern.

»Nein. Oder doch, ja. Bitte.«

Mit der Schlafbrille war es noch schlimmer. Laura bildete sich ein, dass der Stoff kratzte. Ihre Augenlider begannen zu jucken. Es war unmöglich, sich zu entspannen. Sie nahm die Brille ab und setzte sich auf. »Sorry, aber ich kann das hier nicht.«

Dr. Morgenstern lächelte verständnisvoll. »Das macht überhaupt nichts, Laura. Ich kann dich sehr gut verstehen. Es wundert mich gar nicht, dass du nach deinem Erlebnis eine Blockade aufgebaut hast. Es ist ganz natürlich, dass du dich unbewusst weigerst, deinen Körper zu verlassen.«

»Ich habe keine Blockade, es ist nur dieser Raum …« Laura sah zu, wie Dr. Morgenstern zur Stehlampe ging und sie heller drehte. »Er ist ungewohnt. Und es stört mich, dass jemand dabei ist.«

»Aber wenn du in deinem Zimmer deinen Körper verlässt, bist du ja auch nicht allein, sondern Rebecca ist da.«

Laura stöhnte. Das ließ sich überhaupt nicht vergleichen. Das Verhältnis zwischen ihr und Rebecca war ganz anders als zwischen ihr und Dr. Morgenstern – auch wenn Rachel Morgenstern noch so oft betonte, dass Laura ihr uneingeschränkt vertrauen und mit allen Problemen zu ihr kommen konnte. Rebecca war Lauras Freundin. Und sie waren beide Schülerinnen, während Dr. Morgenstern zum Personal des Instituts gehörte. Selbst wenn sie Psychotherapeutin war – Laura würde ihr nie so viel erzählen wie Rebecca.

»Wir müssen dringend über deine Erfahrungen sprechen«, sagte Dr. Morgenstern. »Sonst könnte deine Blockade länger anhalten.«

»Verstehe«, murmelte Laura.

Und dann habe ich im Institut nichts mehr zu suchen …

10

Was wollen die Männer von mir? Warum schreien sie mich so an? Ich halte mir die Ohren zu. Warum lassen sie mich nicht in Ruhe?

Das Flüstern war deutlich hörbar. Sams Gedanken.

Andy lag reglos auf dem Bett. Er war hellwach – oder träumte er nur, hellwach zu sein?

Ich kann doch nichts dafür …

Leise Stimmen, als würde irgendwo ein Fernsehapparat laufen. Er spürte einen Schmerz in seinen Schläfen, der Schmerz strahlte zur Stirnmitte wie ein heller Lichtpfeil. Andy schloss die Augen. Er sah das Licht immer noch … Gestalten, die sich in einem Raum bewegten. Weit weg. Die Konturen waren unscharf. Eine Frau saß reglos auf einem Stuhl, während vor ihr zwei Männer hin und her gingen.

»Du musst es machen.«

»Nein, du!«

»Wessen Idee war es denn?«

»Hast du einen anderen Vorschlag?«

»Er ist wertlos für uns. Wir kriegen nichts aus ihm raus. Wenn wir das vorher gewusst hätten.«

»Und wenn wir ihn einfach hierlassen? Hier findet ihn sowieso niemand.«

»Aber das ist doch grausam.«

»Willst du ihm lieber eine Kugel in den Kopf jagen und dann die Sauerei wegmachen?«

Das Bild wurde kleiner, die Stimmen verschwammen. Der Lichtschimmer verschwand. Nur noch Schwärze. Andy schlug das Herz bis zum Hals. Sein Kopf schmerzte un-erträglich. Als er sich im Bett aufsetzte, wurde ihm übel. Mühsam kämpfte er gegen den Brechreiz an.

Sam! Er war in allergrößter Gefahr!

»Wir müssen dringend etwas unternehmen.« Rutherford ging unruhig in seinem Büro auf und ab. »Du sagst, du hast mehrere Leute gesehen?«

Andy nickte. Es war früh am Morgen. Er hatte das Frühstück ausfallen lassen, um Rutherford noch vor Unterrichtsbeginn sprechen zu können.

»Es waren zwei Männer und eine Frau. Einer davon könnte Martin Wescott gewesen sein, aber ich bin mir nicht sicher.« Andy dachte an die Werbebroschüre der Pharmafirma, die Laura am Tag zuvor mitgenommen hatte. Auf der Rückseite war ein Foto von Martin Wescott im Kreis seiner wichtigsten Mitarbeiter. Er präsentierte sich als dynamischer Jungunternehmer. Wescott war mittelgroß, Mitte dreißig und hatte bereits eine beginnende Stirnglatze und einen leichten Bauchansatz.

»Jedenfalls können wir davon ausgehen, dass Wescott wahrscheinlich zwei Helfer hat«, sagte Rutherford. »Nach deiner Vision scheinen die Entführer irgendetwas von Sam zu wollen.«

Andy nickte. »Sie nehmen an, dass er etwas weiß, was er ihnen aber nicht sagen kann oder will.«

»Die ganze Sache wird immer rätselhafter.« Rutherford setzte sich an seinen Schreibtisch. »Jedenfalls scheint es den Entführern nicht darum zu gehen, Sam als Zeuge des Mordes zu beseitigen, sonst hätten sie es wahrscheinlich schon längst getan. Es muss einen anderen Grund geben, warum er für Wescott wichtig ist.«

»Hat Sam … nicht ein phänomenales Gedächtnis?« Andy sah Rutherford gespannt an. »Diese Inselbegabung, von der Sie neulich geredet haben.«

»Es ist nicht sicher, ob Sam tatsächlich ein *Savant* ist.« Rutherford nahm die Brille ab und rieb sich die Augen. Er sah müde aus. »Crane behauptet, Sam habe ein ausgeprägtes Faible für Zahlen. Aber Wescott hat Sam bestimmt nicht entführt, um sich die Baseballergebnisse sagen zu lassen.«

»Vielleicht weiß Sam etwas oder hat etwas gesehen, was für die Entführer von Bedeutung ist«, meinte Andy.

»Und zwar von so großer Bedeutung, dass sie sogar vor einem Mord nicht zurückschrecken.« Rutherford blätterte in seinen Notizen und fügte ein paar Stichworte hinzu. »Kann sein, dass es gar keine Tat im Affekt war. Möglicherweise wurde Fletcher umgebracht, weil die Täter seinen Sohn entführen wollten.«

»Aber offensichtlich kriegen die Entführer nichts aus Sam raus, und deswegen wollen sie ihn umbringen«, sagte Andy.

Rutherford blickte kurz auf seine Armbanduhr und stand auf. »Wir reden heute Mittag weiter, Andy. Ich muss jetzt zum Unterricht – genau wie du.«

Als er an Andy vorbei wollte, hielt dieser ihn am Ärmel fest. »Wäre es nicht wichtiger, Sams Versteck zu finden? Er ist in Lebensgefahr!«

»Andy, du weißt, dass ich wirklich alles für Sam tun würde. Aber mir sind die Hände gebunden. Ich kann ja schlecht die Polizei mit Hundestaffeln die Gegend absuchen lassen.«

»Warum nicht?«

»Weil dann die Polizei Fragen stellen wird. Beispielsweise, woher ich weiß, dass Sam in Gefahr ist. – Soll ich dann sagen, dass einer meiner Schüler eine Vision hatte? Du weißt, dass das *IPP* ein geheimes Projekt ist. Außerdem wissen wir doch gar nicht, wo Sam ist.« Rutherford schüttelte Andys Hand ab. »So, und jetzt komm, damit du deine Mathematikstunde nicht versäumst.«

An diesem Vormittag gab es für Jeff, Andy, Rebecca und Laura nur ein Gesprächsthema: Sam.

Andy hatte allen erzählt, was er gesehen hatte, und sie überlegten, wo die Entführer Sam versteckt halten konnten.

»Erinnerst du dich an Einzelheiten?«, fragte Rebecca. »Wie sah der Raum aus? War es ein normales Zimmer? Oder eine Fabrikhalle?«

Andy schüttelte den Kopf. »Ich habe nur die Leute gesehen. Sonst habe ich kaum etwas erkannt. Das Bild war sehr schlecht und weit weg.«

Lauras Handy piepste. Sie zog es aus ihrer Tasche, las die eingegangene SMS und verzog das Gesicht.

Rebecca war überzeugt, dass die Nachricht von Mark war, aber da sagte Laura: »Dr. Morgenstern will mich heute Nachmittag unbedingt sehen. Wahrscheinlich will sie mir die *Blockade* wegtherapieren.«

»Hast du wirklich eine Blockade?«, fragte Andy.

»Andy, wenn du auf dieser blöden Couch liegen müsstest, hättest du garantiert auch eine Blockade«, sagte Laura. »Ich kann mir nicht vorstellen, dass du bei ihr eine Vision gehabt hättest.«

Andy grinste. »Und wenn, würde sie es bestimmt bereuen, weil ich ihr dann wahrscheinlich das Büro vollgekotzt hätte.«

Während Laura ihr Erlebnis mit der Horrorgrafik und dem störenden Lichtpunkt erzählte, musste Rebecca dringend auf die Toilette. Als sie in den gefliesten Raum kam, sah sie Jenny auf der Heizung sitzen.

Hi, Becky.

»Hallo, Jenny.« Rebecca sah sich um, aber es war kein anderes Mädchen in einer der Kabinen. Sie konnte ungestört mit Jennifer reden.

Da ist jemand, der dich sprechen will. Henry.

»Henry?« Rebecca begriff nicht gleich. »Henry Willis? Oh nein, der ist echt eine Klette. Wann kapiert er endlich, dass ich kein Interesse an ihm habe? Er sieht doch, dass ich mit Phil zusammen bin.«

Laura hatte sich auch schon darüber lustig gemacht, dass der schüchterne Henry Willis anscheinend unsterblich in Rebecca verliebt war. Er war einer von den jüngsten Schülern im Institut, und seine besondere Fähigkeit bestand darin, mit Tieren zu kommunizieren. Dafür war Henry umso ungeschickter, was den Umgang mit Menschen betraf.

Jennifer schüttelte den Kopf. *Ich rede von Henry Fletcher.*

Rebecca war so überrascht, dass sie sich am Wasserhahn fast verbrühte. »Fletcher? Du hast ihn gefunden?«

Statt einer Antwort sah Jenny zur Seite. Rebecca kniff die Augen zusammen. Vor den weißen Wandfliesen erschien ein Schatten. Zunächst war er nur sehr undeutlich zu erkennen und glich einer grauen Rauchwolke, doch dann wurden seine Konturen deutlicher, obwohl seine Gestalt durchscheinend blieb. Rebecca musste an alte, doppelt belichtete Schwarz-Weiß-Fotos denken.

Fletcher wirkte farblos und zweidimensional, aber sein Gesicht war gut zu erkennen. Rebecca erinnerte sich an das

Bild von ihm in der Zeitung. Er war es, keine Frage. Seine Füße schwebten etwa dreißig Zentimeter über dem Boden, was sehr irritierend war.

Es geht um meinen Sohn Sam. Fletchers Stimme war nur ein Flüstern. Rebecca hatte Mühe, seine Worte zu verstehen. *Er braucht Hilfe.*

Sie nickte. »Wo ist er?«

Sie haben ihn … in eine Waldhütte gebracht … in Erie County … Dort ist ein Skigebiet …

Rebecca hatte noch nie von Erie County gehört. »Wie kommen wir dorthin?« Ihr Herz raste vor Aufregung. Sie hoffte, dass sie nichts falsch verstehen würde. Sie mussten Sam retten.

Fletcher beschrieb ihr den Weg. Rebecca versuchte, sich alles gut einzuprägen. Sie ärgerte sich, dass sie kein Notizbuch bei sich hatte, um mitzuschreiben. So musste sie sich auf ihr Gedächtnis verlassen.

Es … ist dringend … Bitte helft meinem Sohn … Er ist in großer Gefahr …

Fletchers Stimme wurde leiser. Seine Konturen verschwammen, wurden schattenhafter. Rebecca wagte kaum zu atmen, aus Angst, den Geist damit zu vertreiben. Es war so wichtig, was er sagte!

Seid vorsichtig … Die Entführer … bewaffnet … Lebensgefahr …

Der Schatten waberte, und Fletchers Gesicht wurde undeutlich, genau wie seine Stimme. Rebecca ahnte, dass er jeden Moment verschwinden würde. Ihre Knie waren so weich, dass sie das Gefühl hatte, gleich zusammenzusacken. An den Kontakt mit Jenny war sie gewöhnt, aber am helllichten Tag mit einem fremden Toten zu sprechen, das erforderte mehr Energie und Mut, als Rebecca sich hatte vorstellen können.

Helft … Sam … er ist …

Vorbei. Der Schatten hatte sich aufgelöst, Rebecca starrte nur noch auf die weißen Fliesen.

Er ist weg, sagte Jenny, die noch immer auf der Heizung saß. Auch ihre Konturen waren verschwommener als zuvor.

Rebecca stöhnte und lehnte sich von außen gegen eine Kabine. Sie sah ihr Gesicht im Spiegel. Ihre Wangen waren hektisch gerötet, während die Nase schneeweiß schimmerte. Ihre Augen hatten einen unnatürlichen Glanz, als sei sie krank.

Mensch, sagte Jenny, die sie beobachtet hatte, *du siehst ganz schön fertig aus. Willst du etwa so in den Unterricht gehen?*

»Es gibt jetzt sowieso Wichtigeres zu tun«, murmelte Rebecca. Sie musste sofort Laura, Andy und Jeff erzählen, was passiert war. »Danke für deine Hilfe, Jenny!«

Rebeccas Herz raste immer noch, als sie bei der Tür war. Dann fiel ihr ein, dass sie Fletcher hätte fragen können, wer ihn getötet hatte.

Zu spät …

11

Jetzt ist es still. Ganz still. Sie sind weggegangen.
Ich habe Hunger. Und Durst.
Mir ist kalt. So kalt. Ich friere.
Ich habe Angst. Große Angst.
So viel Schnee.
Weiß ist still. Weiß ist kalt. Kalt ist tot.
Ich soll sterben.

»Was ist das denn?«

Rutherford zog die Augenbrauen hoch, als Crane ein Gewehr auf den Schreibtisch legte.

»Cutters Schrotflinte«, antwortete Crane und strich sich über die Haare. »Ich habe sie ausgeliehen. Für den Notfall.«

»Können Sie überhaupt schießen?«

»Ich war doch bei der Army. Das steht übrigens auch in meinem Lebenslauf.«

»Ach ja, richtig«, murmelte Rutherford. »Ich war mir nur nicht mehr sicher, *was* in Ihrem Lebenslauf überhaupt stimmt.«

Crane kniff beleidigt die Lippen zusammen.

Rutherford berührte vorsichtig die Flinte. »Meinen Sie wirklich, dass wir dieses Ding hier brauchen? Ist das nicht etwas übertrieben?«

»Henry ... Henrys Geist hat Rebecca gewarnt. Besser, wir sind vorsichtig.«

Rutherford war trotzdem nicht begeistert. Er war kein Freund von Gewalt. Außerdem zweifelte er, ob die alte Schrotflinte etwas gegen die Entführer ausrichten würde, wenn es darauf ankam. Wenn sie wirklich bewaffnet waren, dann sicher nicht mit Schrotflinten … Andererseits: Wenn Martin Wescott die Firma seines Vaters tatsächlich wieder hochbringen wollte, dann verbrachte er seine Freizeit wohl kaum mit Schießübungen …

»Na gut«, brummte Rutherford. »Nehmen wir die Flinte mit. Aber glauben Sie nicht, dass Sie mir das Ding in die Hand drücken können. Ich kann nicht schießen.«

Crane lächelte. »Niemand zwingt Sie.« Dann wurde er wieder ernst. »Ich hoffe, wir finden Sam.«

»Ich auch.« Rutherford nickte. Gut, dass Freitag war und das Wochenende bevorstand. Sie würden ungefähr zwei Stunden fahren müssen. Erie County lag im Westen des Bundesstaates New York, Rutherford war mit seiner ersten Frau manchmal zum Skifahren dorthin gefahren. Das war lange her, eine Ewigkeit. Seit der Geburt seines Sohnes war Rutherford nicht mehr Ski gefahren, zuerst, weil der Kleine sie beide auf Trab gehalten hatte, und später nicht mehr, weil er mittlerweile befürchtete, dass er es verlernt hatte und sich nur noch die Knochen brechen würde. Aber verlernte man Skifahren überhaupt? Und so alt war er schließlich auch noch nicht! Rutherford überlegte, ob er Helen zu einem Skiwochenende einladen sollte. Sie arbeitete zu viel – genau wie er. Ein paar gemeinsam verbrachte Tage würden ihnen und ihrer Ehe sicher guttun.

Aber zuerst mussten sie diesen Fall lösen …

Es klopfte an der Tür, Rachel Morgenstern kam herein.

»Soll ich wirklich nicht mitkommen?« Ihr Blick streifte

die Flinte, die auf dem Tisch lag, und sie runzelte missbilligend die Stirn. »Sam braucht vielleicht psychologische Betreuung.«

»Zuerst müssen wir ihn finden«, antwortete Rutherford. »Und wer weiß, in welchem Zustand er ist.«

»Aber ich könnte mit den Entführern reden und sie vielleicht überzeugen, Sam freizulassen«, sagte sie. »Oder setzen Sie jetzt auf andere Methoden, Kenneth?« Sie blickte wieder auf die Flinte und dann vorwurfsvoll zu Rutherford.

»Das Gewehr ist nur für den Notfall«, erklärte Crane.

»Sie müssen unseretwegen nicht Ihre Pläne ändern«, sagte Rutherford. »Ich bin übrigens selbst Psychologe, nur um das mal wieder in Erinnerung zu bringen. – Ich frage mich sowieso, ob es gut ist, wenn wir alle vier Jugendlichen mitnehmen. Aber wenn wir einen aus unserem *Spezialteam* hierlassen, fühlt er sich ungerecht behandelt.«

Rachel nickte. »Genauso sehe ich es auch. – Am besten, ich komme doch mit!«

»Oh nein, Rachel. Ihr Privatleben kommt ohnehin immer zu kurz.«

»Na ja, dann … okay.« Rachel lächelte. »Wir sehen uns am Montag. Viel Glück! Passen Sie auf sich auf, Kenneth. – Und Sie auch, Christopher.«

Sie ging zur Tür. Dann drehte sie sich noch einmal um. »Aber wenn etwas sein sollte – mein Handy ist das ganze Wochenende über eingeschaltet.«

»Danke, Rachel«, sagte Rutherford.

Auch in Erie County herrschte tiefster Winter. Der Schnee lag hier sogar noch höher. Sie hatten mit zwei Stunden Fahrzeit gerechnet, aber wegen der schlechten Witterungsverhältnisse kamen sie nur langsam voran. So waren fast drei Stunden vergangen, als sie den Parkplatz erreichten, den Fletcher Rebecca beschrieben hatte. Er lag in einem Naturschutzgebiet. Von hier aus konnte man nur noch zu Fuß weitergehen.

Es begann schon dämmrig zu werden, als sie ausstiegen. Rebecca betrachtete den finsteren Wald, der vor ihnen lag.

»Hat es überhaupt Sinn, jetzt noch loszumarschieren?«, fragte Laura. »In einer halben Stunde ist es dunkel.«

»Aber Sam muss hier irgendwo sein.« Rebecca zog schaudernd die Schultern hoch. »Stell dir vor ... mutterseelenallein ... und der viele Schnee ...«

»Wir haben Taschenlampen und auch genügend Ersatzbatterien.« Crane öffnete den Kofferraum und verteilte an alle Lampen. Andy, Jeff, Rebecca und Laura sahen zu, wie er die Flinte herausnahm und unter seinem langen Mantel versteckte. Keiner sagte etwas dazu.

»Fertig?«, fragte Rutherford.

Die anderen nickten.

Sie folgten dem Pfad, der in den Wald hineinführte. Zum Glück schneite es nicht. Der Schnee lag ohnehin hoch genug. Sie sanken bei jedem Schritt tief ein. Rebecca war froh, dass sie ihre braunen Stiefel angezogen hatte. Der Schaft reichte fast bis zu den Knien. Die Stiefel waren zwar alles andere als chic und Laura hatte natürlich die Nase gerümpft. Aber bei so einem Wetter waren sie superpraktisch.

Niemand war unterwegs. Ab und zu sahen sie Tierspuren. Alle anderen Spuren waren vom Schnee längst zugedeckt worden.

Je tiefer sie in den Wald eindrangen, desto unsicherer wurde Rebecca, ob es auch wirklich der richtige Weg war, den Fletcher ihr beschrieben hatte. Es war zu dunkel, um Markierungen zu erkennen. Hoffentlich liefen sie nicht an einer wichtigen Abzweigung vorbei.

Die kalte Luft schnitt in Rebeccas Wangen. Sie hatte die linke Hand tief in ihrer Jackentasche vergraben, während sie in der rechten die Taschenlampe hielt. Zum Glück hatte sie die dicken Wollhandschuhe dabei, die sie von ihrer Großmutter zu Weihnachten bekommen hatte.

Andy stapfte neben ihr her und warf ihr ab und zu einen Blick zu.

Rebecca musste an Phil denken. Er war enttäuscht gewesen, denn er hatte mit ihr an diesem Abend ausgehen wollen und sie hatte ihm kurzfristig abgesagt. Natürlich hatte sie ihm nicht erzählt, was sie vorhatte. Sie hatte behauptet, Rutherford würde einige zusätzliche Tests vornehmen, die ganz dringend wären.

Laura lief am Anfang der Gruppe, dicht hinter Crane, während Jeff das Schlusslicht bildete. Die Funkstille zwischen den beiden musste inzwischen auch Rutherford und Crane aufgefallen sein. Auch vorhin, in Lauras Auto, hatten sie nur das Nötigste miteinander geredet. Jeff hatte so getan, als müsse er sich auf den Verkehr konzentrieren. Die Atmosphäre zwischen ihm und Laura war unverändert kühl.

Rebecca fand das sehr schade. Die beiden passten so gut zusammen. Aber Jeff konnte ein echter Dickkopf sein. Wenn es Probleme gab, zog er sich zurück und spielte den einsamen Wolf, statt die Sache auszudiskutieren. Rebecca hoffte, dass Laura und Jeff trotz ihrer momentanen Krise wieder zusammenfinden würden.

Es war so einsam in diesem Wald. Irgendwo schrie ein

Nachtvogel. Wenn Rebecca den Kopf in den Nacken legte, konnte sie am Himmel die Sterne funkeln sehen.

Plötzlich blieb Crane stehen, sodass Laura in ihn hineinlief.

»Sorry. Was gibt's?«

»Da!« Crane hielt die Taschenlampe niedriger, und der Lichtkegel fiel auf einen riesigen Graufuchs, der ihren Weg kreuzte. Der Fuchs blieb stehen und schaute ihnen entgegen. Seine Augen reflektierten das Licht. Die beiden leuchtenden Punkte sahen gespenstisch aus. Dann machte der Fuchs zwei Sprünge und verschwand im Dickicht.

»Wow«, murmelte Laura. »Der war ja echt gigantisch. Ich hab im ersten Moment gedacht, es ist ein Wolf.«

»Wölfe gibt es hier nicht«, erwiderte Crane. »Die halten sich mehr im Norden auf. Aber möglicherweise gibt es Kojoten. Neulich stand in der Zeitung, dass man sie sogar in New York gesehen hat.«

Sie stapften weiter. Rebecca zuckte jedes Mal zusammen, wenn es im Gebüsch knackte. Ab und zu fiel Schnee von den Ästen. Rebecca überlegte, ob Füchse auch für Menschen gefährlich werden konnten. Dass sie Hühner töteten, hatte sie schon bei ihren Großeltern erlebt. Ein Fuchs hatte in einer Nacht die sechs besten Legehennen gerissen. Was würde passieren, wenn ein so großer Graufuchs auf einen geschwächten Menschen wie Sam traf? Rebecca schluckte und beschloss, den Gedanken besser nicht zu Ende zu denken.

»Das muss der Bach sein, den Henry erwähnt hat.« Crane überquerte eine schneebedeckte Holzbrücke. Das Geländer war morsch und an manchen Stellen kaputt.

Rebecca sah auf das dunkle Rinnsal, das unter ihnen floss – eine Schlange, die sich durch den Schnee kringelte.

»Dann müssen wir jetzt rechts abbiegen«, sagte sie.

Sam konnte seine Glieder kaum noch bewegen. Zuerst hatten seine Handgelenke wie Feuer gebrannt, als er versucht hatte, den starken Draht loszuwerden, mit dem einer der Männer ihn gefesselt hatte. Aber es war ein aussichtsloses Unterfangen gewesen, Sam hatte sich nur die Haut aufgerieben. Inzwischen waren seine Hände und Arme nahezu gefühllos.

Wie viele Stunden saß er schon hier? Wann hatten sie ihn allein gelassen?

Sam hatte Hunger und Durst, aber mit seinen gefesselten Händen konnte er weder die Wasserflaschen noch die Cornflakesschachteln öffnen, die in der Ecke standen. Er war quer über den Fußboden gerutscht und hatte versucht, eine Wasserflasche, die halb voll war, mit dem Mund aufzumachen, indem er die Flasche mit der Schulter gegen die Wand klemmte. Vergeblich. Er hatte sich das Wasser über die Hose gegossen, ohne einen Schluck zu erwischen. Und die Schachteln mit den Cornflakes waren zu seiner Enttäuschung sowieso leer. Die wenigen Krümel, die er mühsam mit den Lippen vom Boden aufnahm, machten nicht satt.

Die Kälte kroch in seine Hosenbeine und in seine Ärmel, ließ sein Blut langsamer fließen und betäubte seine Nerven. Sam geriet allmählich in einen Dämmerzustand, in dem er keine Schmerzen mehr spürte. Er verbrachte die Zeit zusammengekrümmt auf dem Boden liegend oder an der Wand lehnend. Seine Gedanken wurden frei, und er träumte sich zurück in sein Zimmer, wo ihm alles vertraut war. Die Pumpe des Aquariums blubberte vor sich hin, und an den Wänden hingen die Poster seiner geliebten *New York Yankees*. Er starrte auf die Mannschaft, und während er die

Spielergebnisse der letzten Jahre wiederholte, merkte er, wie er ruhiger und ruhiger wurde. Alles war gut …

»Jetzt hör endlich auf mit dem Theater.« Martin Wescott zog die Handbremse mit einem heftigen Ruck an. »Willst du den Rest deines Lebens im Gefängnis verbringen?«

Seine Begleiterin auf dem Beifahrersitz schniefte. Coralie Beaumont war normalerweise eine toughe, selbstbewusste Frau und kein heulendes Elend, so wie jetzt.

Martins Stimme wurde ruhiger. »Darling, wir müssen die Sache jetzt einfach durchziehen. Wenn er tot ist, kann er nichts mehr sagen.«

»Ich kann … Sam nicht umbringen!«

Sie hatten auf der ganzen Fahrt darüber diskutiert, und allmählich gingen Martin die Argumente aus. Und außerdem die Geduld. Er warf ihr einen Seitenblick zu. Coralie presste ihre Lippen zusammen.

Zugegeben, der Plan hatte nicht so funktioniert, wie sie es sich erhofft hatten. Die Rechnung war nicht aufgegangen. Der Verlust für die Firma war groß, sie würden wieder ganz von vorne anfangen müssen. Na und? Er war noch jung, und das ganze Leben lag vor ihm. Auch sein Vater hatte nach dem Skandal bei null begonnen und sich wieder hochgearbeitet.

Jetzt war es am wichtigsten, den Schaden zu begrenzen und die Spuren zu verwischen. Das Wochenende stand bevor, die Wettervorhersage hatte nur für den Samstagvormittag weitere ergiebige Schneefälle angekündigt, und so war nicht ausgeschlossen, dass ein Wanderer Sam in seinem Versteck entdecken würde. Martin wusste nicht, wie lange es ein Mensch ohne Nahrung in so einer Kälte aushalten konnte.

Sam schien ein ziemlich zäher Bursche zu sein … Sie durften kein Risiko eingehen.

»Sam … tut mir leid«, murmelte Coralie. »Ich habe nicht erwartet, dass er so hilflos ist.«

»Er ist behindert.«

»Das ist kein Grund, ihn umzubringen. Albert findet das auch.«

Dass Coralie jetzt Albert Simmons erwähnte, brachte das Fass zum Überlaufen.

»Was Albert sagt, ist mir völlig egal«, fuhr Martin Wescott seine Freundin an. »Und dir kann es erst recht egal sein!«

Coralie wusste noch nicht, dass Martin sich von seinem Geschäftspartner getrennt hatte. Albert war ausgestiegen und wollte sich nach Südamerika absetzen. Natürlich war das ein herber Schlag für die Firma und ein finanzieller Verlust obendrein. Aber im Grunde war Martin froh. Für seine Begriffe hatten sich Coralie und Albert in der letzten Zeit etwas *zu* gut verstanden. Allein die Blicke, die zwischen ihnen hin- und hergegangen waren …

Martin merkte, dass er immer wütender wurde. Ohne Albert wäre die Sache schon längst ausgestanden. Aber nein, der hatte ja plötzlich Muffensausen bekommen … Im Nachhinein sah es so aus, als sei Albert überhaupt an allem schuld. War er es nicht gewesen, der behauptet hatte, Sam sei ein *Savant* – mit einem fotografischen Gedächtnis? Diese Entführungsgeschichte war hauptsächlich auf Alberts Mist gewachsen – und wenn Martin wegen Fletchers Tod nicht so in Panik geraten wäre, dann hätte er dem Plan sicher skeptischer gegenübergestanden.

»Steig endlich aus«, sagte er jetzt zu Coralie, die wie festgewachsen auf dem Beifahrersitz saß.

»Martin, tu es nicht.« Ihre Stimme klang flehend.

Er öffnete das Handschuhfach, nahm die Pistole heraus und steckte sie in seine Jackentasche.

»Ich hasse dich«, murmelte Coralie.

Trotz der warm gefütterten Stiefel waren Rebeccas Füße inzwischen so kalt, dass sie sie kaum noch spürte. Jetzt folgten sie schon scheinbar endlos lange dem schmalen Pfad, der überall gleich aussah. Rutherfords Taschenlampe hatte bereits den Geist aufgegeben, und er hatte die Batterien wechseln müssen.

Unermüdlich liefen sie weiter, ohne irgendwelche Spuren zu finden. Nichts wies darauf hin, dass vor Kurzem irgendjemand den Weg entlanggegangen war. Rebecca hatte Angst, dass sie Fletcher falsch verstanden haben könnte. Vielleicht suchten sie Sam an einem völlig falschen Ort.

Crane hatte ein paarmal nachgefragt, und Rebecca wusste, dass er inzwischen an ihren Angaben zweifelte. Sie gingen durch eine einsame Welt aus Schnee und Bäumen und schienen sich mit jedem Schritt noch weiter von der Zivilisation zu entfernen. Die Stille, die sie umgab, war erdrückend. Noch nie zuvor hatte Rebecca erlebt, dass Einsamkeit so bedrohlich wirken konnte.

Einmal sah sie Jenny zwischen den Bäumen hindurchgehen. Sie winkte ihr zu, doch als Rebecca genauer hinsah, war sie verschwunden. Rebecca blinzelte verwirrt. Inzwischen war sie sich selbst nicht sicher, ob sie Fletcher auf der Mädchentoilette auch wirklich begegnet war. Nichts schien mehr real zu sein …

Fast wären sie an dem kleinen Holzverschlag vorbeigelaufen, wenn sie nicht plötzlich ein Wimmern gehört hätten.

Laura blieb stehen. »Was war das? Es hat sich angehört wie eine Katze.«

»Wildkatzen gibt es hier nicht«, sagte Crane. Er leuchtete mit der Taschenlampe zwischen den Bäumen hindurch.

Jetzt entdeckten sie die kleine, windschiefe Hütte, die ein paar Meter abseits vom Weg stand.

»Hier muss es sein.« Rebeccas Mund war ganz trocken.

Wieder hörten sie das Geräusch. Jemand weinte. Dann war es wieder still.

»Das muss Sam sein. Immerhin wissen wir jetzt, dass er noch lebt«, sagte Crane. Seine Stimme klang erleichtert.

Sie verließen den Weg und gingen zur Hütte. Der Dachüberstand hatte an manchen Stellen den Schnee etwas abgehalten, und Rebecca konnte am Boden einige Fußabdrücke erkennen. Die Hütte war verriegelt. An der Tür hing ein dickes Vorhängeschloss.

»Daran hätten wir denken sollen«, meinte Rutherford. »Wir hätten Werkzeug mitnehmen müssen.«

Crane drückte Rebecca seine Taschenlampe in die Hand und stemmte sich mit der Schulter gegen die Tür. Obwohl er sportlich und durchtrainiert war, gelang es ihm nicht, sie aufzubrechen. Das Holz gab zwar nach, splitterte aber nicht. Crane rieb sich die Schulter. »Mist!«

»Lassen Sie mich mal.« Jeff drängte sich nach vorne.

Rebecca erwartete, dass er sich mit Wucht gegen die Tür werfen würde, aber er blieb davor stehen und starrte das Schloss an. Einige Sekunden später sah Rebecca, wie ein Lichtfunke aus dem Vorhängeschloss sprang. Gleichzeitig hörte sie ein Klicken.

»Perfekt«, sagte Rutherford beeindruckt. »Du hast wirklich Fortschritte gemacht, Jeff.«

Jeff reagierte überhaupt nicht darauf. Er entfernte das Vorhängeschloss und schob den Riegel zurück.

Ein schmächtiger junger Mann lag auf dem Boden. Er hob den Kopf und blinzelte ins Licht. Sam war sehr schwach, abgemagert und schmutzig, mit wilden Bartstoppeln.

»Oh nein«, flüsterte Rebecca.

»Sam«, sagte Crane. »Keine Angst. Alles wird gut.«

Sam schien ihn zu erkennen. »Chris …«

Crane umarmte ihn. Dann begann er, Sams Fesseln zu lösen.

Rutherford hatte schon sein Handy herausgeholt. Er bat Rebecca, ihm zu leuchten, während er die Notrufnummer eintippte. »Was für ein Glück, hier gibt es ein Netz! – Wir brauchen die Polizei und einen Krankenwagen. Sam braucht sofort einen Arzt, er muss ins Krankenhaus.«

Während Rutherford telefonierte, flößte Crane Sam etwas Wasser ein. Sam trank gierig. Dann versuchte Crane gemeinsam mit Jeff, ihn auf die Beine zu stellen. Sam hing in ihren Armen wie ein nasser Sack, seine Knie knickten unter ihm weg.

»Er ist völlig durchgefroren.« Crane zog seinen Mantel aus und hängte ihn Sam über die Schultern. Dann hakte er Sam wieder unter.

»Komm, Sam, versuch es. Ein paar Schritte.«

Schwerfällig bewegte Sam seine Beine. Crane und Jeff schleppten ihn bis zur Tür und dann bis auf den Weg.

Rebecca fragte sich, wie Sam die weite Strecke bis zum Parkplatz schaffen sollte. Rutherford schien dasselbe zu denken.

»Wir brauchen einen Helicopter …«

Es war Zufall, dass Rebecca nach links schaute und in

einiger Entfernung einen Lichtschimmer zwischen den Bäumen wahrnahm. Das Licht erlosch sofort, sodass sich Rebecca fragte, ob sie sich vielleicht nur getäuscht hatte. So schnell konnte die Polizei doch nicht sein …

»Da ist jemand«, flüsterte sie und tippte Rutherford auf die Schulter. »Sehen Sie!«

»Nicht!«, rief plötzlich eine fremde Frauenstimme.

Etwas blitzte auf. Gleichzeitig ertönte ein ohrenbetäubender Knall. Rebecca spürte, dass etwas über sie hinwegzischte. Sie schrie.

»In Deckung!«, befahl Crane. Er überließ Jeff Sams Gewicht und griff nach der Schrotflinte, die an einem Riemen an seiner Schulter hing. Er lud sie und ging in Position.

»Wer sind Sie?«, rief er in den Wald. »Seien Sie vernünftig, die Polizei wird gleich hier sein.«

Sam stöhnte vor Angst und Erschöpfung. Jeff zerrte ihn hinter einen Baumstamm.

»Könnt ihr ihn mal übernehmen?«, flüsterte Jeff und übergab Sam an Laura und Andy.

Wieder knallte es, und die Kugel verfehlte Rutherford nur knapp.

»Die Lampen aus und auf den Boden!«, flüsterte er. »Wir geben ein zu gutes Ziel ab.«

Rebecca, Laura und Andy drückten Sam in den Schnee. Rebecca fragte sich, wann dieser Albtraum vorüber sein würde oder ob sie alle im Schnee sterben würden. Sie hatte keine Ahnung, von wem sie angegriffen wurden und wie viele Leute es waren. Anscheinend waren Sams Entführer zurückgekommen, denn wer sonst würde auf sie schießen?

»Die Waffen weg!«, dröhnte Cranes Stimme durch den Wald. »Es hat keinen Sinn, Martin Wescott! Geben Sie auf!

Wir wissen, dass Sie Sam entführt haben.« Er gab einen Warnschuss ab.

Die Antwort der Entführer kam sofort. Zwei weitere Schüsse fielen.

Dann sah Rebecca, wie Jeff sich vor Crane schob und sich mitten auf den Weg stellte.

»Bist du verrückt, Jeff?«, schrie Laura.

Jeff bewegte sich nicht. Rebecca biss sich auf die Lippen. Was war mit ihm los? Bot er sich als Ziel an, um die anderen zu schützen? Das war doch Wahnsinn …

»JEFF!«, schrie Laura.

Dann hörte man noch einen Schrei. Rebecca sah zwischen den Bäumen etwas aufglühen.

Jeff brach zusammen.

12

DAILY REPORT

18. Januar

Sam Fletcher gefunden!

Der Autist wurde entführt – Mord an seinem Vater immer noch nicht aufgeklärt

von Helen Rutherford

Riverside, New York. Der seit über einem Monat vermisste Samuel Fletcher (28), Sohn des getöteten Wissenschaftlers Dr. Henry Fletcher († 71), wurde am gestrigen Abend in einem Skigebiet in Erie County gefunden. Wie man erst jetzt herausfand, war Sam Fletcher entführt worden. Der 33-jährige Pharmaunternehmer Martin Wescott und seine Lebensgefährtin, die 34-jährige Laborantin Coralie Beaumont, haben die Entführung gestanden. Sie bestreiten jedoch, Sams Vater, Henry Fletcher, getötet zu haben.

Eine Gruppe von Schülern war gestern Abend in dem Waldgebiet in Erie County unterwegs, um dort nachtaktive Tiere zu beobachten. Die Schüler und ihre beiden Lehrer hörten ein Wimmern, das aus einer Holzhütte kam. Als sie dem Geräusch folgten, fanden sie dort den völlig entkräfteten und unterkühlten Samuel Fletcher. Während einer der Lehrer die Polizei alarmierte, kam es zu einer Konfrontation mit den Entführern, bei der mehrere Schüsse fielen. Es wurde jedoch niemand verletzt. Als schließlich die Polizei eintraf, ließen sich die beiden Entführer widerstandslos festnehmen. Ein Komplize des Paares, Albert Simmons, wurde am Flughafen von Newark, New Jersey, verhaftet. Offenbar wollte er sich nach Südamerika absetzen.

Martin Wescott junior ist der Leiter des maroden Pharmabetriebs Wescott Pharma. Er und seine Lebensgefährtin gaben zu, Samuel Fletcher entführt zu haben. Mit dem Tod Henry Fletchers hätten sie jedoch nichts zu tun, so Wescott. Wie sich jetzt herausstellte, waren Wescott und Fletcher Geschäftspartner – im Auftrag von Wescott Pharma arbeitete Fletcher an einem neuartigen Medikament. Vier Wochen vor seinem Tod hatte Fletcher Wescott mitgeteilt, dass er nicht weiter mit ihm zusammenarbeiten wollte. Wescott bot Fletcher mehr Geld an, aber Fletcher lehnte ab. Wescott vermutete, dass Fletcher ein Angebot von einer anderen Pharmafirma erhalten haben könnte, und versuchte, wenigstens an die chemische Formel des neuen Mittels zu kommen.

Wescott sagte aus, er habe Fletcher telefonisch belästigt und ihm sogar einige Male aufgelauert, um ihn unter Druck zu setzen. Er und Simmons seien auch am Abend der Tat in Fletchers Haus gewesen. Zu diesem Zeitpunkt sei Fletcher jedoch schon tot gewesen. Als Simmons und Wescott den völlig verstörten Samuel Fletcher im nahegelegenen Wald fanden, beschlossen sie, ihn zu entführen. Simmons hatte behauptet, Sam sei ein sogenannter *Savant* und bekannt für sein fotografisches Gedächtnis. Er wüsste vermutlich die Formel für das Medikament. Es sei eine Kurzschlussreaktion gewesen, sagte Wescott. Albert Simmons bestätigte seine Aussage.

»Wie gut, dass Ihre Frau nichts über die Pistole geschrieben hat«, sagte Laura, nachdem sie den Zeitungsartikel gelesen hatte.

»Helen wollte schon etwas darüber schreiben, aber ich habe sie angelogen«, entgegnete Rutherford. »Ich habe ihr gesagt, dass die Polizei die Waffe inzwischen untersucht und herausgefunden hat, dass es sich um einen Materialfehler handelt.«

»Und das hat sie geglaubt?«, fragte Andy.

Rutherford zuckte die Achseln. »Schon.« Er lächelte. »Materialfehler klingt jedenfalls viel überzeugender, als wenn ich ihr erzählt hätte, dass einer meiner Schüler die Pistole per Telekinese zum Glühen gebracht hat. – Das war eine Meisterleistung, Jeff.«

Jeff lächelte. Er fühlte sich immer noch etwas erschöpft. Seine »Meisterleistung« hatte ihn unglaublich viel Energie gekostet. Als er sich auf die Waffe konzentriert hatte, hatte er das Gefühl gehabt, dass alle Kraft schlagartig aus ihm herausgezogen würde … Kein Wunder, dass er zusammengebrochen war.

Er hatte gar nicht mitbekommen, was danach geschehen war, sondern er war erst zu sich gekommen, als er auf der Bahre lag und die Sanitäter ihn in den Krankenwagen schoben. Er war ins gleiche Krankenhaus gekommen wie Sam, aber im Gegensatz zu diesem hatte er es nach ein paar Stunden wieder verlassen können. Die Ärzte hatten festgestellt, dass sein Elektrolythaushalt völlig durcheinandergeraten war – wie bei einem Hochleistungssportler, der sich total verausgabt hat. Jeff hatte eine Infusion bekommen, danach hatte Crane ihn abgeholt.

Von ihm hatte er auch erfahren, dass die Polizei Sams Entführer überwältigt und festgenommen hatten. Es gab noch einen zweiten Parkplatz, der näher bei der Hütte lag. Dort hatten Wescott und seine Freundin ihren Wagen abgestellt. Auch die Polizei und die Sanitäter hatten den kürzeren Weg genommen. Ein Helicopter war nicht nötig gewesen.

Crane hatte ihm auch erzählt, dass Wescott gar nicht hatte begreifen können, was mit seiner Waffe geschehen war. Er hatte immer wieder die Brandblasen an seinen Fingern betrachtet, den Kopf geschüttelt und etwas von einer »Strafe Gottes« gemurmelt. Seine Freundin hatte einen hysterischen Anfall bekommen.

»Unsere Mission war also äußerst erfolgreich«, fuhr Rutherford jetzt fort. »Jeff hat durch seinen Einsatz Hervorragendes geleistet. Ein gezielter telekinetischer Akt – gratuliere! – Und ich gratuliere auch dir, Rebecca. Ohne deinen Kontakt zu dem verstorbenen Henry Fletcher hätten wir Sam nicht gefunden.«

Jeff sah, wie Rebecca rot wurde.

»Ich hätte ihn fragen können, wer ihn getötet hat«, sagte sie. »Aber ich habe in dem Moment einfach nicht daran gedacht, weil ich so überrascht war. Und auch so aufgeregt.«

»Das macht nichts, Rebecca«, erwiderte Rutherford. »Deine Leistung war trotzdem einzigartig.« Er lobte auch Andy dafür, dass es ihm gelungen war, mit Sam eine Gedankenverbindung einzugehen.

Laura machte ein beleidigtes Gesicht. »Ja, und ich hab meinen Teil natürlich vermasselt«, murmelte sie.

»Du hast eine außergewöhnliche Erfahrung gemacht, die die Fachleute noch lange beschäftigten wird.«

»Aber das hat gar nichts zu unserem Fall beigetragen«, meinte Laura.

»Oh doch. Ohne Sophia hätten wir nicht erfahren, dass Fletcher an einem neuartigen Medikament gearbeitet hat. Erst dadurch konnten wir die Verbindung zu Wescott herstellen.«

»Der den Mord aber nicht begangen hat, wie er behauptet«, wandte Laura ein. »Glauben Sie das?«

»Die Polizei wird ihn und seine Komplizen bestimmt noch einmal verhören«, sagte Rutherford. »Aber Wescott und Simmons haben unabhängig voneinander dieselbe Aussage gemacht – nämlich dass Fletcher zum Zeitpunkt ihres Besuchs schon tot war.«

Andy runzelte die Stirn. »Sie könnten sich auch abgesprochen haben.«

»Oder sie sind tatsächlich nicht die Täter«, sagte Rutherford. »Sie wollten ja Fletcher dazu bringen, weiter für das Unternehmen zu arbeiten. Oder zumindest die Formel preiszugeben.«

»Der arme Sam«, sagte Rebecca. »Ich will gar nicht wissen, was Wescott und seine Freundin alles getan haben, um die Formel aus ihm herauszukriegen.«

»Sie haben ihn gequält und ihn hungern lassen, nachdem es auf die freundliche Tour nicht funktioniert hat.« Rutherford schüttelte den Kopf.

»Dass man so etwas tun kann.« Rebecca sah aus, als würde sie gleich anfangen zu heulen. »Sam kennt die Formel vielleicht gar nicht ...«

»Er kann Dinge, die er einmal gesehen hat, detailgenau aus dem Gedächtnis nachzeichnen«, sagte Rutherford. »Crane hat mir neulich ein paar Zeichnungen von ihm gezeigt, die Fletchers Schwester ihm gegeben hat. Sie waren sehr beeindruckend. Fletcher hat mit Sam einmal einen Rundflug über

Riverside gemacht, und Sam hat die Stadt von oben aus dem Gedächtnis nachgezeichnet. Er hat jede Kleinigkeit wiedergegeben. Wirklich außergewöhnlich! Es ist also durchaus möglich, dass Sam die chemische Zusammensetzung der Formel nachzeichnen kann, wenn er entsprechende Unterlagen einmal gesehen hat. – Die Entführer haben also gar nicht so falsch gedacht. Aber dass sich Sam ihnen gegenüber nicht verständlich machen könnte, damit haben sie nicht gerechnet.«

»Wenn Sam seinen Vater nicht umgebracht hat und es auch die Entführer nicht waren – wer hat Fletcher dann getötet?«, fragte Laura.

»Wir müssen davon ausgehen, dass sein Mörder noch immer frei herumläuft«, sagte Rutherford.

Vierter Teil

Februar

1

Der Wind drückte gegen die Fensterscheiben. Es sollte milder werden, und der Wetterwechsel kündigte sich mit heftigen Böen an.

Laura warf sich unruhig in ihrem Bett hin und her. Die Decke kam ihr zu warm vor, und sie schlug sie zurück. Kurz darauf fror sie und zog sie hoch bis zum Kinn. Dann setzte sie sich auf, ging auf die Toilette und kehrte wieder in ihr Bett zurück. Trotzdem konnte sie nicht einschlafen.

Sie wusste, dass nicht nur das Wetter an ihrer Unruhe schuld war. Sie hatte das Gefühl zu versagen, weil sie einfach keine vernünftige OBE mehr zustande brachte. Es gelang ihr zwar, kurz ihren Körper zu verlassen und ungefähr einen halben Meter darüber zu schweben, aber dann schnellte sie immer wieder zurück. Das Band, das bei der Fremdbesetzung gerissen war, war wieder vorhanden. Einerseits beruhigend zu wissen, denn dann würde sie ihren Körper immer wiederfinden und konnte jederzeit zurück. Andererseits hatte sie den Eindruck, dass das Band sie stärker festhielt als früher – wie einen Hund, den man an einer zu kurzen Leine führt.

Wahrscheinlich war das alles nur psychosomatisch.

Dr. Morgenstern, zu der Laura nun zweimal in der Woche ging, redete von einem traumatischen Erlebnis und Identitätsproblemen. Die Stunden bei der Therapeutin halfen ihr nicht wirklich; sie saß sie nur ab, weil sie ihr verordnet worden waren. Rachel liebte es, in Lauras Vergangenheit herumzustochern, und natürlich ging es dabei auch um Mark. Dass Laura in zwei Jungen gleichzeitig verliebt war und ihre Unfähigkeit, sich für einen zu entscheiden, deutete die Psychotherapeutin als Symbol für Lauras Zerrissenheit. Ihre Interpretation lautete, dass sich in der Trennung von Geist und Körper genau diese Zerrissenheit widerspiegelte und dass Laura dadurch ein leichtes Opfer für eine Fremdbesetzung hatte werden können.

Laura glaubte keinen Augenblick lang an diese Erklärung. Ihrer Meinung nach war alles eine Verkettung unglücklicher Zufälle, und Mark hatte gar nichts damit zu tun. Außerdem hatte sie inzwischen überhaupt keinen Kontakt mehr zu ihm. Sie hatte weder auf seine SMS noch auf seine Mails geantwortet, und wenn seine Nummer auf ihrem Handydisplay erschienen war, hatte sie nicht abgenommen. Mark hatte es inzwischen aufgegeben, sie zu erreichen.

Viel mehr litt Laura darunter, wie Jeff sich verhielt. Er ignorierte sie. Natürlich sagten sie einander »Hallo«, wenn sie sich begegneten. Aber sie redeten nicht wirklich miteinander. Wenn Laura einen Versuch startete, ging er ihr aus dem Weg, gab vor, keine Zeit zu haben, oder signalisierte, dass er nicht mit ihr sprechen wollte und dass sie ihn nervte.

Laura hatte gehofft, dass ihr Verhältnis mit der Zeit besser werden würde. Wenn Jeff ihr doch wenigstens einmal zuhören würde, dann hätten sie vielleicht noch eine Chance …

Die Wochen vergingen. Im Gegensatz zu ihr machte Jeff deutliche Fortschritte, was seine Fähigkeit betraf. Er hatte zugegeben, dass er seit Anfang Januar wie ein Wahnsinniger geübt hatte. Es hatte ihn unheimlich geärgert, dass Rutherford ihn nicht mit ins Team genommen hatte. Deswegen hatte sich Jeff angestrengt, um ihm zu beweisen, dass er seine

Telekinese zielgerichtet einsetzen konnte. Laura überlegte, ob ihn nicht auch seine Wut auf sie angespornt hatte …

»Rebecca, schläfst du?«, fragte sie. Als sie keine Antwort erhielt, knipste sie kurz die Nachttischlampe an.

Rebecca schlief tief und fest, zusammengerollt wie ein kleines Kind; es fehlte nur noch, dass sie den Daumen in den Mund steckte.

Laura lächelte, schaltete die Lampe wieder aus und legte sich hin.

Inzwischen wartete Rebecca jeden Tag darauf, Nachricht von ihrer Schwester zu bekommen. Sie konnte es gar nicht erwarten, zum zweiten Mal Tante zu werden. Es waren noch zehn Tage bis zum errechneten Geburtstermin, aber nur wenige Babys kamen ganz pünktlich …

»Hoffentlich geht alles gut«, hatte Rebecca vor dem Schlafengehen gesagt.

»Bestimmt«, hatte Laura sie beruhigt.

»Ob es wirklich ein Mädchen wird, was meinst du?«

»Da musst du schon Andy fragen, er kann ja manchmal in die Zukunft sehen.«

»Lieber nicht«, hatte Rebecca dann gesagt. »In seinen Visionen sieht er ja meistens schreckliche Dinge.«

Laura hätte auch gerne die Zukunft gekannt. Ob sie und Jeff wieder zusammenkommen würden? Wenn sie nur wüsste, was in seinem Kopf vorging! Hatte er sie wirklich total abgeschrieben?

Ihre Hände lagen auf ihrem Bauch. Wenn sie ihn wenigstens noch einmal im Schlaf betrachten könnte … Aber dazu müsste es erst mal wieder mit einer OBE klappen …

Laura beschloss, es noch einmal zu versuchen. Sie konzentrierte sich auf ihre Atmung. Diesmal schien es endlos lange zu dauern, bis die Vibrationen einsetzten, und sie waren auch schwächer als sonst. Laura wollte schon aufgeben. Was war nur los? Hatte sie Angst, dass sich die Fremdbesetzung wiederholen würde? Dass Sophia wieder irgendwo lauerte und nur darauf wartete, ihren Körper zu übernehmen?

Laura merkte, wie sie wütend wurde. Plötzlich wurde sie von einem unglaublichen Ehrgeiz gepackt. Wenn Jeff seine Telekinese in den Griff bekommen hatte, dann wollte auch sie ihre Angst überwinden. Und das ging nur, wenn sie sich endlich der Konfrontation mit dem Schatten stellte. Sie musste Sophia finden!

»Okay«, murmelte Laura. »Ich werde es schaffen.«

Die Vibrationen hatten inzwischen aufgehört. Sie konzentrierte sich erneut auf ihre Atmung. Die Schwingungen kamen allmählich wieder.

Diesmal klappt es …

Sie hörte das vertraute Summen. Dann merkte sie, wie sie schwerelos wurde und zu schweben begann.

Ich will zu Sophia!

Laura konzentrierte sich auf das St. Joseph's Hospital. Langsam bewegte sie sich in Richtung Tür und schwebte mit den Füßen voran hindurch. Der Gang. Die Fensterfront. Der Park.

Sie merkte nichts von dem starken Wind, der die Bäume unter ihr bog. Wie in einem unsichtbaren Kokon segelte sie über die verschneite Landschaft.

Die Straße nach Riverside … Ein einsamer Hase hoppelte am Straßenrand entlang. Die ersten Häuser tauchten auf. Dann schwebte Laura über der Stadt. Sie versuchte, *Bill's Corner* auszumachen, aber sie merkte, dass die richtige Stelle bereits hinter ihr lag, und zurück wollte sie nicht.

Weiter, weiter …

Sie erreichte den westlichen Teil des Ortes. Das St. Joseph's Hospital stach unter den Gebäuden sofort heraus. Ein Gedanke genügte, und Laura befand sich im obersten Stockwerk.

Ein Patient in einem grauen Morgenmantel schlurfte den Gang entlang, anscheinend orientierungslos. Eine junge Krankenschwester kam aus dem Stationszimmer und führte den Mann in sein Zimmer zurück.

Auf welcher Station lag Sophia? Würde sich ihr feinstofflicher Körper überhaupt in der Nähe des physischen Körpers aufhalten?

Laura erinnerte sich mit Grauen an den Schatten, doch es gelang ihr, die Angst in den Griff zu bekommen.

Sophia!

Sie hatte das Gefühl, zwei Stockwerke tiefer zu fallen. Plötzlich war sie in einem Krankenzimmer. Im Bett lag eine schwarzhaarige Frau, angeschlossen an Schläuche und medizinische Geräte. Laura hörte lautes Ein- und Ausatmen. Das Geräusch kam von der Beatmungsmaschine.

Neben dem Bett saß ein junger Mann. Er war in sich zusammengesunken und schlief. Ab und zu zuckte er im Schlaf, öffnete kurz die Augen und schloss sie wieder. Er sah sehr erschöpft aus.

Der Schatten kauerte in der Ecke unter dem Fenster. Als er Lauras Anwesenheit spürte, wuchsen ihm Arme und Beine. Eine schemenhafte Gestalt formte sich und waberte auf sie zu. Laura zwang sich, nicht zurückzuweichen.

Ich muss mit dir reden, Sophia!

2

Als die Tür des Krankenzimmers geöffnet wurde, zuckte David zusammen. Er dachte, dass die nette Schwester hereinkommen und ihn fragen würde, ob er nicht endlich nach Hause gehen wolle. Mit dem Chefarzt hatte er nicht gerechnet.

»Guten Abend, Mr Fisher«, sagte der Arzt und gab David die Hand. »Oder besser Gute Nacht. Es ist schon nach Mitternacht.«

»So spät schon?« David hatte nicht auf die Uhr gesehen. An Sophias Krankenbett vergaß er einfach die Zeit. Er lächelte.

»Ich muss mit Ihnen reden«, sagte der Arzt. »Setzen wir uns doch an den Tisch.«

David hatte ein ungutes Gefühl. Ärzte überbrachten nie gute Nachrichten. Die Krankenschwester hatte ihm zwar versichert, dass Sophias Zustand sich nicht verschlechtert hatte. Aber der Chefarzt machte jetzt ein sehr ernstes Gesicht.

»Lieben Sie Ihre Verlobte?«

»Ja, natürlich.« David schluckte heftig. Was sollte diese Frage? Glaubte der Arzt, dass er Sophia vernachlässigte? Dass er sie nicht oft genug besuchte? Er saß doch täglich an ihrem Bett, viele Stunden lang. Mehr ging nun wirklich nicht …

»Sie wissen, dass die Chancen, dass Sophia nach so langer Zeit aus dem Koma erwacht, denkbar gering sind?«

David starrte den Arzt an. »Aber es gibt immer wieder den Fall, dass Patienten erst nach Jahren aufwachen.«

»Bei Sophia ist die Sachlage anders. Ihr Zustand hat sich in den letzten Wochen verschlechtert. Sie hat vier Kilo an Gewicht verloren – trotz der künstlichen Ernährung.«

»Das glaube ich nicht!« David warf einen panischen Blick zum Bett. »Sie sieht aus wie immer.«

»Man merkt den Gewichtsverlust nicht so sehr im Gesicht, sondern hauptsächlich an den Armen und Beinen. Die Muskelmasse hat sich erheblich verringert.« Der Arzt stand auf, trat an das Krankenbett und schlug die Decke zurück. »Sehen Sie.« Er hob Sophias linken Arm.

Sophias Arme waren schon immer sehr schlank gewesen, David konnte keinen großen Unterschied feststellen. Gut, vielleicht waren sie ein bisschen dünner geworden …

»Klar, dass sie Muskeln abbaut«, meinte David. »Sie treibt ja keinen Sport.«

»Machen Sie sich nichts vor«, sagte der Arzt. »ALS ist nicht heilbar. Der Verfall ihres Körpers schreitet voran. Sophia wiegt jeden Tag weniger. Es ist ein langsames Sterben. Unsere Möglichkeiten sind leider beschränkt, Mr Fisher. Wir können Sophia nicht mehr helfen. Es sind nur noch die Maschinen, die sie am Leben erhalten.«

»Aber … aber …« David stotterte. Das Herz schlug ihm bis zum Hals. »Vielleicht wird sie doch wieder gesund. Ich weiß, dass sie aufwachen wird …«

»Das wäre ein Wunder, Mr Fisher.« Der Arzt sah David mitfühlend an.

»Wollen Sie mir etwa sagen, dass es besser wäre, die Maschinen abzuschalten?«

»Dazu benötigen wir natürlich Ihr Einverständnis. Es gibt

keine Hoffnung mehr für Sophia. Sie sollten zumindest über diese Möglichkeit nachdenken. Sophias Familie ist mit der Bitte an mich herangetreten, ihr Leiden nicht unnötig zu verlängern.«

David hatte das Gefühl, dass ihm der Boden unter den Füßen weggezogen wurde.

»Niemals«, flüsterte er. »Ich gebe die Hoffnung nicht auf. Ich liebe Sophia …«

»Denken Sie in Ruhe darüber nach. Ich werde Sie jetzt mit Sophia allein lassen.«

Er will mich umbringen!

Sophia war außer sich.

Sie wollen mich töten!

Laura spürte ihre Wut. Der Schatten schien zu wachsen, wurde groß und bedrohlich. Laura war entschlossen, sich nicht einschüchtern zu lassen. Sophia war nicht stärker als sie. Diesmal durfte sie sich nicht überrumpeln lassen.

Ich will nicht sterben! Ich bin noch so jung …

Die Wut traf Laura wie eine Feuerwand. Sophias feinstofflicher Körper schien jetzt aus reiner Energie zu bestehen. Laura hatte das Gefühl zu verbrennen.

Ich will gesund sein …

»Aber meinen Körper bekommst du nicht!«, rief Laura. Sie spürte, dass Sophia sie zur Seite drängen wollte. Wenn sie das schaffte, dann hatte Laura verloren.

Mach Platz!

»Glaubst du, David wird dich lieben, wenn du in meinem Körper steckst?«

Das ist mir völlig egal. Ich will leben!

»Aber nicht auf meine Kosten!«

Laura wehrte ihren Angriff ab. Sie hatte den Eindruck, als würde sie mit glühender Lava ringen.

Lass mich vorbei!

»Du hast David ja gar nicht geliebt!«

Das stimmt nicht!

»Doch. Er ist dir egal! Du siehst doch, wie schlecht es ihm geht. Und du denkst nur an meinen Körper. Warum gehst du nicht in deinen eigenen Körper zurück?

Ich kann nicht!

»Du willst nicht, weil er krank ist!«

ICH KANN NICHT!

»Du versuchst es ja gar nicht!«

LASS MICH VORBEI!

»Du würdest aus dem Koma erwachen und wärst bei David.« Laura merkte, dass ihre ganze Überredungskunst nichts nützte. Sophia gewann Raum. Laura hatte das Gefühl, dass sie mehr und mehr zur Seite gedrängt wurde. Ihr wurde klar, dass Sophia stärker war, als sie gedacht hatte. Sie würde Lauras Körper ein zweites Mal besetzen …

»NEIN!«

Sophia hielt inne, aber nicht wegen Lauras Schrei. Sie beobachtete David, der Sophias Hand hielt und weinte.

»Du weißt, ich tu alles für dich, Sophia! Bitte komm zurück! Lass mich nicht im Stich! Was bin ich ohne dich?«

Sein Körper zuckte. Tränen liefen ihm übers Gesicht.

»Sonst war alles umsonst … Ich hab dich gerächt, Sophia! Fletcher hatte es nicht verdient, weiterzuleben! Komm zurück, Darling! Wie hat er dir so etwas antun können …«

David?, wisperte Sophia ungläubig. *Du hast Fletcher umgebracht? Das hast du nicht wirklich getan, oder?*

Laura sah ihre Chance. Sophia war abgelenkt. Laura stürzte sich auf sie, mit all ihrer Wut, ihrer Empörung, ihrem Überlebenswillen. Sie drängte Sophia nach unten, dicht über ihren physischen Körper, und ließ es nicht zu, dass sie aufstieg.

»Zurück, zurück, zurück! Das bist du, das ist dein Körper, dein Zuhause! Zurück!«

Sophia wehrte sich, aber diesmal war Laura stärker. Sie fühlte, wie Sophias Widerstand erlahmte. Dann spürte sie, wie die Anziehung zwischen Sophias physischem und ihrem feinstofflichen Körper zunahm. Laura sah, wie ein silbriges Band aufblitzte. Sophia hatte wieder Verbindung zu ihrem Körper. Sie wurde in ihren Körper gezogen, bis beide Teile wieder vereint waren.

Das Letzte, was Laura mitbekam, war, dass Sophia die Augen öffnete und David ansah.

Dann wurde sie von einem unglaublichen Sog erfasst – und war wieder in ihrem eigenen Körper.

3

»David Fisher hat ihn umgebracht?« Rebecca starrte Laura ungläubig an. »Woher weißt du das?«

Laura erzählte ihr, was sie erlebt hatte.

»Wir müssen sofort den anderen Bescheid sagen.« Laura hatte schon ihr Handy in der Hand und wählte Rutherfords Nummer.

»Laura – es ist nach Mitternacht«, sagte Rebecca. »Das hat doch noch bis Morgen früh Zeit ... Rutherford ist bestimmt nicht begeistert, wenn du ihn aus dem Schlaf holst.«

Aber Laura schüttelte nur den Kopf. Sie ließ das Telefon so lange läuten, bis am anderen Ende der Leitung jemand abnahm. Endlich meldete sich Rutherford mit verschlafener Stimme.

»Hallo, Professor Rutherford. Ich bin's, Laura. Können Sie herkommen? Es ist total wichtig.«

»Jetzt?« Laura hörte, wie sich Rutherford im Bett umdrehte. Seine Frau murmelte etwas. »Weißt du, wie spät es ist, Laura?«

»Ich weiß, wer Fletcher ermordet hat«, sagte Laura. Sie dämpfte ihre Stimme, weil sie nicht wollte, dass Rutherfords Frau etwas mitbekam. »Ich war gerade im St. Joseph's Hospital – außerkörperlich. Es war David. Ich habe gehört, wie er Sophia erzählt hat, dass er Fletcher getötet hat.«

Rutherford schwieg. Laura hatte Angst, er sei mit dem Telefon in der Hand eingeschlafen.

»Haben Sie verstanden? David hat –«

»Ja.« Rutherfords Stimme klang ungehalten. »Ich habe alles verstanden. Lass uns morgen weiterreden, Laura. Eine Viertelstunde vor dem Unterricht. In meinem Büro. Okay?«

»Okay.«

»Gute Nacht, Laura.«

»Ebenso.« Sie drückte auf die rote Taste und legte das Handy neben sich aufs Bett.

»Kommt er?«, fragte Rebecca.

»Nein.«

»Ich hab's ja gesagt.«

»Ja, ja.« Laura verdrehte die Augen. »War wohl nicht wichtig genug, was ich herausgefunden habe.« Sie ließ sich ins Bett zurückfallen und starrte die Decke an.

»Jetzt sei nicht beleidigt, Laura. Bestimmt findet er es toll, dass du den Mörder gefunden hast. Nur – es ist Viertel nach eins.«

»Na und?«

»Was hast du erwartet, Laura? Dass er herkommt, die Polizei verständigt und dass dann die Klinik gestürmt wird?«

Laura antwortete nicht. So ähnlich hatte sie es sich tatsächlich vorgestellt.

»Morgen früh will Rutherford bestimmt alles ganz genau von dir wissen«, meinte Rebecca. »Und Dr. Morgenstern wird begeistert sein, dass du deine Blockade überwunden hast.«

»Und wenn David inzwischen abhaut?«

»Er lässt Sophia bestimmt nicht im Stich. – Jetzt versuch, noch ein bisschen zu schlafen, Laura. Morgen früh bist du die Heldin unseres Spezialteams, wetten?«

»Heldin – haha«, sagte Laura sarkastisch, aber sie lächelte im Dunkeln.

»Das ist alles hochinteressant, aber wie sollen wir der Polizei klarmachen, woher wir die Information haben?«

Laura sah Rutherford an. Sie konnte es nicht glauben. Er wollte nichts unternehmen!

»Aber David kann doch nicht einfach weiter frei herumlaufen. Er ist ein Mörder!«

»Ob es Mord oder Totschlag war, das muss sich erst herausstellen. Für mich klingt es so, als könnte es eine Tat im Affekt gewesen sein.«

»Sie müssen der Polizei einen Hinweis geben!«

»Ich werde darüber nachdenken, Laura.« Rutherford schob seine Brille zurecht. »Wir dürfen nichts tun, was das *IPP* gefährdet. Stell dir vor, die Presse kriegt Wind davon. Helen wollte natürlich wissen, warum mich eine Schülerin mitten in der Nacht aus dem Bett klingelt. Ich hatte Mühe, eine gute Ausrede zu erfinden.«

»Was haben Sie ihr gesagt?«

»Dass du befürchtest, schwanger zu sein.«

Lauras Mund klappte auf und wieder zu, ohne dass ein Ton herauskam. Dann sagte sie empört: »Das bin ich bestimmt nicht.«

»Das war das Erste, was mir eingefallen ist.« Rutherford lächelte. »Aber wenn es dich beruhigt, dann werde ich Helen heute Abend sagen, dass es falscher Alarm war.«

»Warum sind Sie auch ausgerechnet mit einer Journalistin verheiratet!«, fauchte Laura.

»Ich war mit Helen schon verheiratet, bevor man mich mit der Leitung des Instituts beauftragt hat.«

Laura kam auf das eigentliche Thema zurück. »Und Sie wollen gar nichts tun, was David betrifft?«

»Doch, natürlich. Aber wir dürfen nichts überstürzen …

Dr. Crane soll nachher im Krankenhaus anrufen und sich erkundigen, wie es Sophia geht und ob sie tatsächlich aus dem Koma erwacht ist.«

»Sie glauben mir nicht?«

»Sicher glaube ich dir, Laura. Du hast Sophia geholfen, in ihren Körper zurückzukehren. Aber ob sie wirklich wach geworden ist …«

»Ich habe ihr nicht geholfen, ich habe sie gezwungen«, stellte Laura richtig. »Und es wäre nicht gelungen, wenn David nicht gerade das Geständnis abgelegt hätte. Das hat sie verwirrt. Um ein Haar hätte Sophia wieder meinen Körper besetzt, und diesmal womöglich für immer!«

»Jetzt beruhige dich, Laura.« Rutherford schob Laura sachte in Richtung Tür. »Es ist ja alles noch einmal gut gegangen. Ich rede mit Dr. Crane und Dr. Morgenstern. Gemeinsam wird uns bestimmt eine Lösung einfallen, wie wir der Polizei einen Hinweis geben können, dass David Fisher Fletcher getötet hat.«

4

Laura stieg aus und knallte die Autotür zu. Sie war sauer. Dass Rutherford sich querstellen würde, hatte sie schon befürchtet. Wenn es um die Geheimhaltung des IPP ging, ließ er nicht mit sich diskutieren.

Aber dass auch ihre Freunde ihren Plan für zu riskant hielten, machte sie wütend. Als es darum ging, Andys Schwester aus den Fängen eines psychopathischen Kindermörders zu befreien, hatten sie sich darüber keine Gedanken gemacht. Und diesen Fisher wollten sie einfach so davonkommen lassen, nur weil es keine *Beweise* gab? Er hatte an Sophias Bett praktisch ein Geständnis abgelegt und keinerlei Reue gezeigt.

Fletcher hatte es nicht verdient, weiterzuleben. Sicher hatte Henry Fletcher keine lupenreine Weste gehabt, und seine Methoden waren teilweise fragwürdig gewesen, aber nach allem, was Dr. Crane erzählt hatte, war sie sicher, dass er niemals die Absicht gehabt hatte, Sophias Leben zu zerstören.

Auf dem Parkplatz vor dem St. Joseph's Hospital standen nur wenige Autos. Laura lief zum Eingang. Viel Zeit würde ihr nicht bleiben. Rebecca würde bestimmt dichthalten, aber Ms Winterbottom war sicher bereits aufgefallen, dass Laura den Musikunterricht schwänzte – und wenn sie zu Professor Rutherford ging, würde dieser zwei und zwei zusammenzählen.

Atemlos hastete sie an der Rezeption vorbei. Aus dem

Zimmer hörte sie gedämpfte Stimmen. Sie hatte gehofft, dass David noch in der Schule sein würde, deswegen war sie extra vormittags gefahren …

Laura hielt inne und lauschte. Es waren zwei Frauenstimmen. Sie atmete erleichtert auf und klopfte.

Sophia und die Krankenschwester hoben die Köpfe.

»Sie haben gar nicht gesagt, dass Sie heute so früh Besuch erwarten«, sagte die Schwester verwundert.

Sophia, die aufrecht im Bett saß, starrte Laura an, als würde sie einen Geist sehen.

»Es sollte eine Überraschung sein!«, plapperte Laura drauflos. »Ich bin Jessica Fisher, Davids Schwester, und aus Long Island angereist, um meine zukünftige Schwägerin zu besuchen.«

Sie setzte ihr schönstes Lächeln auf.

Sophia blinzelte verwirrt, und Laura bekam Panik, dass ihr Plan nicht funktionieren würde. Was, wenn Sophia nicht mitspielte und der Schwester sagte, sie solle Laura rauswerfen?

»Oh … hi … Jessica«, sagte Sophia endlich. »Das ist aber eine Überraschung …«

Das Sprechen fiel ihr schwer, und sie sah ängstlich aus. Die Schwester warf Sophia einen prüfenden Blick zu und meinte dann: »Nun, ich kann auch später wiederkommen. Aber bitte bleiben Sie nicht so lange, Miss Fisher, Miss Rodriguez ist noch sehr schwach.«

Nachdem die Krankenschwester den Raum verlassen hatte, machte Laura einen Schritt auf das Bett zu.

»Was … was willst du?« Sophias Stimme klang brüchig, aber dennoch feindselig.

»Wir beide sollten uns über David unterhalten.«

»Wovon redest du?«, fragte Sophia.

»Ich weiß, dass David Professor Fletcher umgebracht hat. Und ich denke, dass es die Polizei brennend interessieren wird.«

»Du … du willst zur Polizei gehen?« Sophia gab sich Mühe, gefasst zu klingen, aber Laura merkte ihr die Anspannung an. »Du hast keine Beweise!«

»David wird sich selbst der Polizei stellen«, antwortete Laura.

»Niemals!«, rief Sophia. Ihre Augen blitzten. Unter großer Anstrengung richtete sie ihren Oberkörper weiter auf. »David gehört zu mir! Ich werde nicht zulassen, dass man ihn mir wegnimmt.«

»Aber er hat einen *Menschen* getötet!«

»Dr. Fletcher hat beinahe mein Leben zerstört.«

»Du wusstest, welches Risiko du eingegangen bist, als du dem Medikamententest zugestimmt hast. Das hast du selbst gesagt. Wärst du ein anständiger Mensch, würdest du David ins Gewissen reden. Wenn er sich selbst stellt, bekommt er vielleicht mildernde Umstände. Aber du denkst ja in erster Linie an dich, nicht an ihn! Du wärst ja auch nicht davor zurückgeschreckt, *mein* Leben zu zerstören, mir meinen Körper wegzunehmen! Du willst, dass alle Mitleid mit dir haben, weil du krank bist , aber in Wirklichkeit bist du eine Egoistin!«

Sophia sah blass aus.

»Das ist nicht wahr …«, flüsterte sie.

»Beweise es. Rede mit David.«

Sophias Augen füllten sich mit Tränen, und sie zitterte am ganzen Körper. Laura fragte sich, ob sie nicht zu heftig mit ihr umgesprungen war. Immerhin war die Frau todkrank.

Plötzlich ging die Tür auf, und David Fisher stand im Zimmer. Er hatte einen großen Blumenstrauß in der rechten Hand. Er sah erst Sophia, dann Laura an.

»Was ist denn hier los? Wer bist du?«

»Ich bin Laura Matthews, und ich weiß, dass Sie Henry Fletcher getötet haben, Mr Fisher!«

David wurde kreidebleich. »Woher …«

»Ich habe selbst gehört, was Sie gesagt haben! *Ich hab dich gerächt, Sophia!* Das waren Ihre Worte.«

»Aber … das ist unmöglich …«

»Sie sind ein Mörder!«, rief Laura. »Wenn Sie nicht selbst zur Polizei gehen, werde ich es tun.«

David ließ den Blumenstrauß fallen und kam langsam auf sie zu. »Halt den Mund!«

»Sie hat recht, David«, sagte Sophia leise. »Du kannst mit dieser Schuld nicht leben. Und ich auch nicht.«

»Sophia! Aber das ist doch alles … Ich habe nur …« Davids Gesicht nahm einen seltsamen Ausdruck an. Für einen Moment befürchtete Laura, er würde sie angreifen, aber er schien ins Leere zu starren.

»Oh mein Gott.«

»David!«, rief Sophia panisch. David taumelte zum Bett und ergriff Sophias Hand, als sei das sein einziger Halt. Er brach neben ihr zusammen und fing an zu weinen.

»Oh, Schatz, ich wollte das nicht ... ich wollte Henry nicht töten. Wir ... wir haben uns gestritten. Ich wollte, dass er dir hilft, und er hat gesagt, dass er das jetzt nicht mehr kann, und ... dann wurde ich so wütend! Ich hab ihn geschlagen und plötzlich hat er sich nicht mehr bewegt. Oh Gott ... Bitte verzeih mir, Sophia! Ich wollte doch nur, dass wir wieder glücklich sein können.«

Ungläubig betrachtete Laura die Szene, die sich vor ihren Augen abspielte.

Sophia hob die Hand und streichelte Davids Haar.

»Das will ich auch, David. Ach, David … Du musst dich der Polizei stellen … tu es für mich.«

David vergrub seinen Kopf in Sophias Bettlaken.

»Alles … ich tue alles für dich. Lass mich nur nicht allein.«

Sophia warf Laura einen Blick zu, die unschlüssig im Zimmer stand.

»Ich geh dann mal besser.«

Sie ging zur Tür und öffnete sie.

»Laura, warte!«, rief Sophia. Laura drehte sich um.

»Es … es tut mir leid.«

Laura nickte und zog die Tür hinter sich zu.

5

DAILY REPORT

17. Februar

Fall Fletcher endlich aufgeklärt

von Helen Rutherford

Der Tod des Wissenschaftlers Dr. Henry Fletcher, der Mitte Dezember in seiner Villa erschlagen wurde, ist endlich geklärt. David Fisher (31), ein Lehrer aus Riverside, hat die Tat gestanden. Seine Verlobte Sophia Rodriguez (28), die an der seltenen Stoffwechselkrankheit ALS leidet, war eine Patientin Fletchers, der an einem Medikament gegen diese Krankheit arbeitete.

ALS ist eine tödliche Krankheit. Die Medikamente, die momentan auf dem Markt sind, können den Verlauf der Krankheit lediglich verlangsamen. Henry Fletcher glaubte, ein Mittel gefunden zu haben, das in der Lage ist, ALS zu stoppen.
Mit Miss Rodriguez' Einverständnis hatte Fletcher dieses Medikament an ihr getestet. Es schien zunächst anzuschlagen, doch dann erlitt die junge Frau einen neuen Krankheitsschub und fiel ins Koma.

Aus Verzweiflung über ihren Zustand hatte David Fisher Professor Fletcher am 9. Dezember letzten Jahres zu Hause aufgesucht. Es kam zu einem heftigen Streit, in dessen Verlauf Fisher zu einem

Baseballschläger griff und Fletcher damit erschlug. Fisher sagte aus, er sei angetrunken und völlig außer sich gewesen. Als Fletcher sich nicht mehr bewegte, sei er in Panik geraten und habe die Flucht ergriffen. Dass sich Fletchers Sohn ebenfalls im Haus befand, habe er nicht bemerkt. »Ich wusste nicht einmal, dass er einen Sohn hat«, sagte David Fisher. »Es tut mir alles wahnsinnig leid.«

Sam Fletcher, der am selben Abend von einem ehemaligen Geschäftspartner seines Vaters gekidnappt wurde und wochenlang verschwunden war, lebt inzwischen bei seiner Tante in Rochester.

Auch an den folgenden Tagen erschienen Dutzende von Berichten über David Fisher in den Zeitungen. Viel mehr, als am *IPP* bereits bekannt war, erfuhr man darin nicht. Sophias Zustand war unverändert, und sie trug die Verhaftung ihres Verlobten mit Fassung. In einem Interview sagte sie: »Ich weiß, dass David ein schweres Verbrechen begangen hat, aber ich liebe ihn nach wie vor. Er hat es im Affekt getan, und es ist nicht fair, dass eine Zeitung ihn als einen gewissenlosen Mörder betitelt hat. Wir werden bald heiraten, auch wenn David im Gefängnis sitzt. Sobald er seine Strafe abgesessen hat, werden wir von hier wegziehen. Vielleicht nach Mexiko zu meiner Familie.«

Am Ende der Woche veröffentlichte der *Daily Report* einen Artikel mit dem Titel »Fletchers Vermächtnis«. Darin wurde behauptet, dass Samuel Fletcher tatsächlich die Formel für das geheime Medikament kannte.

Rebecca las den Artikel mit großem Interesse, während Laura lustlos ihre Nägel feilte.

»Hier steht, dass mehrere renommierte Forscher bereits Tests durchführen und intensiv daran arbeiten, das Medikament weiter zu optimieren. Wenn es ALS wirklich stoppen kann, wäre das eine Sensation.«

Sie blätterte weiter. »Außerdem schreiben sie, dass Fletcher wohl viel reicher war, als bisher bekannt war. Das ist natürlich super für Sam. Fletcher hat in seinem Testament verfügt, dass außerdem ein Teil seines Vermögens seiner Stiftung für Autisten zugutekommen soll. Ein weiterer Teil soll in die ALS-Forschung fließen. Bei beiden Summen handelt es sich um mehrere Millionen Dollar.«

Laura pfiff durch die Zähne. »Wahnsinn. Seine Bude war ja nicht schlecht, aber gegen das Haus meiner Eltern ist sie ziemlich bescheiden, wenn ich das mal so sagen darf. Ich hätte nie gedacht, dass der Kerl so viel Geld hat.«

»Ich auch nicht. Aber Dr. Crane sagt, dass seine Frau ihm wohl eine beträchtliche Summe hinterlassen hat. Fletcher hat ihr Geld nicht angerührt.« Rebecca faltete die Zeitung zusammen und legte sie beiseite.

»Steht sonst nichts Interessantes drin?«

»Jedenfalls nicht über Fletcher.« Rebecca biss sich sofort auf die Lippe. Ein einfaches »Nein« hätte es auch getan. Laura kannte sie inzwischen gut genug, um bei diesem Tonfall misstrauisch zu werden.

»Was soll das heißen?« Laura kniff die Augen zusammen.

Rebecca seufzte. Früher oder später würde Laura sowieso von dem Artikel erfahren. »Vielleicht schlägst du mal den Kulturteil auf …«

Laura nahm die Zeitung in die Hand. Rebecca sah, wie sich Lauras Gesichtsausdruck veränderte, während sie las. Zunächst wirkte sie überrascht, dann zunehmend verärgert.

Rebecca hätte den Artikel fast überblättert gehabt. Alkoholexzesse schienen bei Rockmusikern keine Seltenheit zu sein und interessierten sie nicht im Geringsten. Doch dann war ihr der Name Mark Callaghan ins Auge gesprungen. Man hatte ihn in New York City wegen Trunkenheit am Steuer verhaftet. Außerdem hatte die Polizei Marihuana in seinem Auto gefunden.

»Callaghan war bereits zum wiederholten Mal betrunken Auto gefahren«, las Laura vor. »Der 22-jährige Sänger und sein Bandkollege waren in Begleitung zweier junger Frauen.« Sie schnaubte verächtlich. »Wie konnte ich nur so blöd sein und glauben, er hätte sich geändert!«

»Meine Meinung dazu kennst du ja.«

»Ja, ja, du hattest mal wieder recht«, antwortete Laura gedehnt. »Übrigens treffe ich mich morgen mit Jeff.«

»Er redet wieder mit dir?«

»Hat mich auch überrascht … Nachdem er mich die letzten Wochen erfolgreich ignoriert hat. Wir treffen uns bei Bill, sozusagen auf neutralem Terrain.«

Rebecca lächelte. Laura hatte nämlich ihren Rat befolgt und Jeff einen langen Brief geschrieben, in dem sie versucht hatte, alles zu erklären. Das war vor einer Woche gewesen, und bisher hatte er nicht darauf reagiert.

»Du musst mich nach dem Treffen gleich anrufen und erzählen, wie es gelaufen ist!«

»Klar, mach ich.« Laura grinste. »Aber bist du sicher, dass du dir an deinem Familienwochenende meine Probleme anhören willst?«

»So viel Zeit werde ich wohl haben.« Rebecca lächelte. Dann sah sie auf die Uhr. »Oh, in zwei Stunden geht mein Flug. Dr. Crane müsste gleich da sein.«

Rebeccas Koffer stand bereits gepackt in der Ecke. Dr. Crane hatte sich freundlicherweise bereit erklärt, sie zum Flughafen zu fahren. Mary hatte vor drei Tagen endlich ihr Baby bekommen, und Rebecca konnte es gar nicht erwarten, ihre kleine Nichte zu sehen. Mutter und Kind waren wohlauf. Rebecca hatte gestern mit ihrer Schwester telefoniert, und die Kleine hatte pausenlos geschrien. Seltsamerweise erschien Rebecca der Gedanke an ein brüllendes Baby geradezu erholsam, verglichen mit der ganzen Aufregung der letzten Wochen.

Es klopfte. »Das ist sicher Dr. Crane. Mach, dass du verschwindest!« Laura drückte ihre Freundin an sich. »Gute Reise. Und vergiss nicht, mich anzurufen, sobald du gelandet bist.«

Rebecca musste lachen. »Jetzt benimmst *du* dich schon wie meine Grandma.«

6

Die Sonne schien auf das Pflaster vor *Bill's Corner,* und hier und da zwitscherte ein Vogel. Es war fast frühlingshaft, abgesehen von den Tropfen, die von den Bäumen fielen. Alles, was von den Schneemassen noch übrig war, waren ein paar große Pfützen.

Laura schnippte nervös die Asche auf den Boden und sah auf ihre Armbanduhr. Wo blieb Jeff? Hatte er es sich etwa anders überlegt? Sie hatten sich um drei Uhr verabredet, und jetzt war es bereits zwanzig nach drei. Bill hatte sie schon zweimal gefragt, ob sie nicht hereinkommen wolle, und ihr als Bestechung einen Blaubeer-Muffin angeboten, aber Laura hatte dankend abgelehnt. Sie war viel zu aufgeregt, um einen Bissen herunterzubekommen, und bei dem Gedanken an etwas Süßes drehte sich ihr der Magen um. Sie drückte die Zigarette aus und wollte sich gerade die nächste anzünden, als sie Schritte hinter sich hörte.

»Jede Zigarette verkürzt dein Leben um durchschnittlich acht Minuten«, sagte Jeff. »Willst du unbedingt Lungenkrebs bekommen?«

»Ich freue mich auch, dich zu sehen«, sagte Laura. Sie bemühte sich, cool zu klingen, aber ihr Herz klopfte plötzlich wie wild.

Jeff stand jetzt vor ihr und musterte sie.

»Du hast abgenommen«, stellte er fest.

Laura verzog den Mund. »Ich hatte eben keinen Appetit«, sagte sie achselzuckend.

»Lass uns doch reingehen«, schlug Jeff vor und hielt ihr die Tür auf.

Im Restaurant war wenig los. Wahrscheinlich nutzten die meisten Stammgäste das schöne Wetter an diesem Samstagnachmittag, um einen Spaziergang zu machen.

Laura und Jeff setzten sich an einen der freien Tische. Es dauerte nicht lange, bis eine Kellnerin zu ihnen kam, die Laura noch nie zuvor gesehen hatte. Sie begrüßte Laura und Jeff fröhlich und stellte sich als Josie vor.

Aus der Küche hörten sie Bill, der laut und ziemlich schief sang. Manolo turnte auf seiner Schaukel über der Bar herum und stieß ab und zu einen Pfiff aus.

Laura seufzte. Hier schienen alle gute Laune zu haben – außer Jeff, der missmutig aus dem Fenster blickte. Selbst nachdem Josie die Getränke gebracht hatte, rührte er schweigend mit dem Strohhalm in seiner Cola herum, ohne Laura anzusehen. Schließlich hielt sie es nicht mehr aus.

»Ich dachte schon, du kommst nicht«, platzte sie heraus.

Jeff schaute sie endlich an. Er sah müde aus. »Ich habe auch lange überlegt, ob ich überhaupt kommen soll. Aber ich denke, ich bin dir eine Antwort schuldig.«

Glaubst du, dass du mir jemals verzeihen kannst?

Das war der letzte Satz ihres Briefes gewesen. Laura spürte, wie sie sich verkrampfte. Jeff holte tief Luft.

»Um ehrlich zu sein, mich hat noch nie jemand so enttäuscht.«

Laura starrte auf das Muster der Tischdecke.

»Dass du mit deinem Ex rumgeknutscht hast, sobald ich weg war, finde ich schlimm genug«, fuhr Jeff fort. »Aber dass du mich angelogen und hinter meinem Rücken Kontakt zu ihm hattest, hat mir viel mehr wehgetan. Wenn es nur ein

Kuss auf einer Party gewesen wäre, hätte ich dir verzeihen können … aber offenbar waren ja große Gefühle im Spiel.«

Laura kämpfte mit den Tränen.

»Ich weiß ja selbst nicht, was mit mir los war«, sagte sie leise. »Aber inzwischen habe ich überhaupt keinen Kontakt mehr zu Mark. Schon seit Wochen.«

»Ach, wirklich?« Jeff sah sie herausfordernd an.

»Ich schwöre es dir. Das an Silvester war ein Ausrutscher. Ich habe seine Nummer und alle seine SMS gelöscht.«

Jeff zog die Augenbrauen hoch.

»Du kannst selbst nachsehen, wenn du mir nicht glaubst.« Sie hielt ihm ihr Handy hin, aber Jeff winkte ab.

»Selbst wenn … wenn ich dir noch eine Chance gebe, wer garantiert mir, dass dir so ein *Ausrutscher* nicht noch mal passiert?«

Laura schluckte. »Niemand. Du müsstest mir schon vertrauen.«

Jeff sah ihr in die Augen. »Ich weiß eben nicht, ob ich das jetzt noch kann.«

»Jeff, du musst mir glauben. Wenn ich es rückgängig machen könnte, würde ich es tun.«

»Das kannst du aber nicht.«

»Ich weiß. Aber es tut mir leid, und ich bitte dich, mir noch eine Chance zu geben.« Ihre Stimme wurde immer leiser, als schnüre ihr etwas die Kehle zu. »Bitte, Jeff. Ich liebe dich doch.«

Jeff nahm ihre Hand und streichelte sie.

»Kannst du mir verzeihen?«, fragte sie voller Hoffnung.

»Vielleicht«, sagte er.

7

Professor Rutherford hatte alle Schüler nach Unterrichtsschluss ins Foyer rufen lassen. Cutter hatte Stuhlreihen aufgestellt und ein Rednerpult aufgebaut.

Jeff fragte sich, was es so Wichtiges gab. Die Lehrer hatten behauptet, nichts Genaueres zu wissen.

Neben Jeff rutschte Andy ungeduldig auf seinem Stuhl hin und her. Der Geräuschpegel war enorm, denn alle fünfzig Schüler des Instituts redeten durcheinander.

Schließlich trat Rutherford ans Mikrofon und bat um Ruhe. »Liebe Schülerinnen und Schüler«, begann er. »Ihr habt sicherlich die Berichterstattung über den Fall Henry Fletcher mitverfolgt.«

Es ging schon wieder um Fletcher? Der Fall war doch inzwischen abgeschlossen. Jeff wusste, dass Rutherford von Lauras Alleingang überhaupt nicht begeistert gewesen war. Zwar war der Professor froh, dass David Fisher die Tat gestanden hatte, aber er fand, dass die Sache auch ganz anders hätte ausgehen können und dass Laura ein unnötiges Risiko auf sich genommen hatte. Zur Strafe musste sie vier Wochen lang in der Bibliothek aushelfen, was Laura gar nicht passte.

»Nun«, fuhr der Professor jetzt fort, »sicher hat sich inzwischen herumgesprochen, dass vier unserer Schüler maßgeblich zur Aufklärung dieses Falles beigetragen haben, nämlich Jeffrey Davis, Andrew Gibson, Rebecca Hamilton und Laura Matthews.«

Oh nein. Jeff wäre am liebsten im Boden versunken, als Rutherford ihre Namen erwähnte. Einige Schüler drehten sich zu den vier Freunden um.

Rutherford fasste kurz zusammen, was im Einzelnen passiert war, und wie jeder der vier seine Fähigkeiten eingesetzt hatte.

»Aber der eigentliche Grund für unsere Versammlung ist ein unerwarteter Geldsegen«, sagte Rutherford. »Professor Fletchers Schwester war so dankbar für Sams Rettung, dass sie der *Oakwood-Schule* einen Teil ihres Vermögens, das sie von Henry Fletcher geerbt hat, spenden möchte. Natürlich glaubt auch sie, dass wir an dieser Schule Hochbegabte betreuen.«

»Das ist ja in gewisser Hinsicht auch richtig«, warf Jasper ein.

Rutherford lächelte.

»Wir möchten, dass alle Schüler von dieser Spende profitieren. Deshalb haben wir uns entschlossen, euch im kommenden Schuljahr ein Intensivtraining anzubieten. Es wird einige Wochen lang kein regulärer Unterricht stattfinden.«

Ein aufgeregtes Gemurmel ging durch den Saal.

»Darf ich um Ruhe bitten!« Rutherford wartete, bis es wieder still wurde, bevor er weiterredete. »Wir als Lehrer und Forscher können euch zwar bei der Entwicklung eurer Fähigkeiten unterstützen und begleiten, aber wir können euch keine Tipps aus eigener Erfahrung geben. Aus diesem Grund werden wir nach den Sommerferien ein sogenanntes Mentoring-Programm einführen. Wir werden euch in Gruppen einteilen und jeder Gruppe einen Mentor zur Verfügung stellen – eine Person, die über eine paranormale Fähigkeit verfügt und diese perfekt beherrscht. Selbstverständlich sind die Leute zum Stillschweigen verpflichtet. Ihr werdet von den Besten lernen. So etwas kostet natürlich sehr viel Geld. Unsere finanziellen Mittel haben bislang kein Intensivtraining zugelassen. Für euch ist dieses Projekt wirklich eine einmalige Chance, und ich möchte euch bitten, dass ihr sie nutzt.«

»Klingt spannend«, sagte Laura und warf Jeff einen Blick zu.

»Deswegen hoffe ich, dass ihr euch in den nächsten Wochen besonders anstrengt«, sagte Rutherford. »Wir ziehen den Unterrichtsstoff vom Herbst nämlich vor. Das bedeutet für euch alle leider etwas mehr Arbeit …«

Er ließ sich von den Buhrufen nicht aus der Ruhe bringen.

»Ihr tut es für eure Zukunft …«

Liste der zitierten und erwähnten Songs:

Jeff Buckley, »Lilac Wine«
written by James Shelton
© 1994 Columbia Records

Bing Crosby, »White Christmas«
written by Irving Berlin
© 1942 Decca Records

Bob Dylan, »It's All Over Now, Baby Blue«
written by Bob Dylan
© 1965 Columbia Records

Frank Sinatra, »Have Yourself A Merry Little Christmas«
written by Ralph Blane, Hugh Martin
© 1957 Columbia Records

The Rolling Stones, »Paint It, black«
written by Mick Jagger, Keith Richards
© 1966 ABKCO Music, Inc.

Wham!, »Last Christmas«
written by George Michael
© 1984 Epic Records

Rotten Candy sowie deren Songtexte sind eine freie Erfindung der Autorin.

Atem anhalten!
Mystery-Spannung und zwei rätselhafte Morde

Seit seiner Kindheit hat Andy Visionen, die ihm Angst machen. Nachdem er der Polizei den Fundort einer Leiche zeigen kann, gerät er sogar selbst in Verdacht. Doch am IPP, dem *Institut zur Erforschung parapsychologischer Phänomene*, lernt er Laura, Jeff und Rebecca kennen, die ebenfalls übersinnlich begabt sind. Gemeinsam mit ihnen versucht er, einen weiteren Mord zu verhindern – und diesmal befürchtet er, dass seine kleine Schwester das nächste Opfer sein wird.

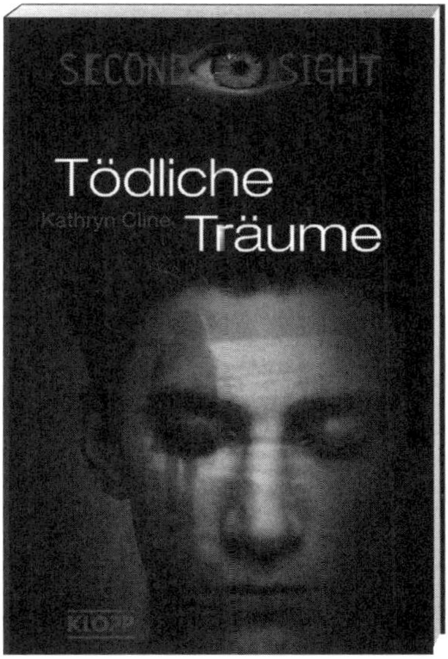

Kathryn Cline
Second Sight –
Tödliche Träume

Einband von Kerstin Schürmann, formlabor,
Ab 13 Jahren · 240 Seiten
ISBN 978-3-7817-0134-7

Weitere Informationen unter:
www.erika-klopp.de

KLOPP

Unbekannte Bedrohu
Flirts mit gefährlichen Folgen

Seitdem Marla auf der Party von Rike war, wird sie verfolgt. Ihr Telefon klingelt, per Handy erhält sie anonyme Einladungen, und eines Tages liegen Rosenblätter auf ihrem Bett: Wer ist der unheimliche Fremde? Und was will er von ihr?

Patricia Schröder
Unheimliche Nähe
Einband von Kerstin Schürmann, formlabor
Ab 12 Jahren · 240 Seiten · ISBN 978-3-7817-1893-7

So verliebt war Jade noch nie. Doch dann verlangt „SuperSound", ihr scheinbar so wunderbarer Chatpartner, von ihr, sich auf eine Art und Weise zu zeigen, die sie nicht will. Als Jade das Verhältnis abbrechen möchte, erpresst er sie …

Caja Cazemier
Riskanter Chat
Einband von Kerstin Schürmann, formlabor
Ab 13 Jahren · 160 Seiten · ISBN 978-3-7817-0319-3

Alle mittendrin-Titel und vieles mehr unter: ***www.erika-klopp.de***

KLOPP